水流心猶在

從海河之濱到皇城根

子藴 著

—推薦序—

萬物靜觀皆自得

仔細觀察這世界上所有事物，混沌當中但見脈絡分明，幽微處總能看到自然與美好，而人與事的流轉，就如同春夏秋冬四季變化，看來無常卻恆常，乍似無情卻有情，總有人能夠在一粒沙裡看見世界，在一朵花裡看到天堂；總有人能夠在原本殘破不堪的現實生活中，看見那美麗動人的風景。

子蘊在台灣出版過好幾本書，包括《跨越文革的人生歲月》《我曾經的名字叫知青》等，許多看過書的讀者都說，總會在酸楚的淚水中看到溫暖與希望，但明明子蘊那段日子是那麼苦啊……水流心猶在，子蘊從海河之濱走到皇城根，從青春歲月走到暮光之年，在這本新書裡，我們又重新看到「子蘊風格」的動人描述，讀完這本散文回憶集，讓我們更珍惜眼前得來不易的一切，套句台灣話就是更「疼惜這甘苦的人生」。

遭受痛苦，卻不被壓垮；四面受敵，卻不被困住；心裡有難，卻不致失望；遭逼迫，卻不放棄……即便是在患難中，子蘊也從未因此而對生命感到絕望，她總是能看到那凡人看不見的，為什麼她能夠這樣堅強呢？我一直在思考這個問題：我們在這世上所受的一切試煉，到底是為了什麼？當我們禁不住流淚時，我們的軟弱又是為什麼？如果黑夜與天光都只是人生的過程，那最終能夠完全包容我們、接受我們的又是什麼？

子蘊在書裡面曾提到：「當我提起筆想寫寫我記憶中的北京四合院時，眼前浮現的首先是我美麗而憂鬱的母親……」看到這，我馬上就能理解這整本書的深情所在，在輕輕流過的綠水底下，匯聚著既深又廣的思念，流過的已不是一道小河，而是一片海洋，那是子蘊透過母親所展現出來的她對這個世界的「愛」！唯有愛，才能那麼深邃、那麼遼闊……所有的痛苦都會過去，只有愛會留下，這世間的路，我們要勇敢走下去！

這本書原預定二〇二〇年二月出版，孰知卻遇到新冠肺炎全球肆虐，因此在出版時程上有些許延宕。值此當下，在普世的苦難當中，更顯得脆弱的生命是如此可貴。但無論如何，生活中哪怕是雪泥鴻爪、悲歡離合的點點滴滴，無論多麼不起眼，無論如何渺小，都值得我們用一生去回憶、去懷念！

我曾經對稻香姐（子蘊）開玩笑說：「我是台灣的『文青』，妳是大陸的『知青』，當文青遇上知青，總有談不完的故事。」說這句話時，彷彿還是昨日，但歲月匆匆，我已經有很多年沒有再見到稻香姐（子蘊）了，我很懷念她說過的每一個故事，那些我沒親自看見的人與事，卻是如此打動著我，也深深進入許多讀者的心，相信這本新書的出版，將是兩岸讀者共同的期待。

謹以此序表達我對稻香姐（子蘊）深深的祝福與思念，期待能夠早日在北京與她重逢，再一次，在美麗的什剎海搖槳高歌！

宋政坤

二〇二〇年五月七日，台北

作者序

一半是夢幻，一半是記憶

子蘊

人生很短很短，短得像「白駒過隙」，短得「轉瞬即逝」，短得你剛剛活明白了，就已經接近尾聲。但是留在生命裡的記憶卻很長很長，它那麼遙遠，那麼虛幻，那麼悽楚又那麼美麗，它癡情地佔據著我的心，我的頭腦，我的生命，驅之不散又揮之不去。唉，這長長的折磨人的記憶呦，這任風兒也吹不散的長長記憶呦……

忘不了老城牆上磚縫裡鑽出來的黃色的小花，它那麼柔弱又那麼頑強，在春風中快樂地開放，對人生充滿著希望；忘不了烈日下被太陽曬得快化了的軟軟的發燙的柏油路，大汗淋漓的人們在為生計忙碌的身影，還有胡同裡老槐樹蔭下邊聊天兒邊納鞋底兒的婦女們；忘不了鼓樓腳下秋天果子市上飄香的誘人的瓜果梨桃，令人垂涎欲滴；忘不了白雪覆蓋下胡同裡別有洞天的美景，房頂上樹梢上掛滿冰凌雪花，孩子們不管不顧地打著雪仗，坑窪雪地上滑倒的人們引起的善意哄笑……

四合院斑駁的老牆上爬滿了帶刺的薔薇花，院子中間大魚缸裡鼓著大眼睛的金魚搖頭擺尾，知了聲聲讓人倦怠催人入睡，後院那棵巨大的臭椿樹下一隻老母雞帶著一群嘰嘰喳喳的小雞仔在辛苦找食吃……這一切的一切，就像一幅幅老舊的油畫在眼前晃動，是真是假？是現實還是夢境？真是說也說不清楚……

那個剛剛從天津回故里的小女孩，那個剛滿九歲的小姑娘，就這樣睜著一雙懵懂好奇的大眼睛，成天趴在窗臺上，好奇地望著外面的世界，她眼裡的老北京好美啊：

清晨的陽光透過樹枝撒在院子裡，大人們開始忙碌，他們用清水潑地灑掃門庭，驚飛了一地小麻雀……

中午的院落真的是好奇妙，只有樹上的不知什麼小蟲在不知疲倦地唱著「伏天兒，伏天兒」，引得小姑娘非常好奇，她不由自主地跑到樹下仰著頭往樹上搜尋，那小蟲長什麼樣子啊，怎麼會說「伏天兒」，難不成是個小人兒站在樹上唱歌……後院的樹上也不消停，是蟬搧著薄薄的羽翼發出「知了，知了」的聲音，小姑娘想，那是小蟲們之間的對話吧？前院樹上的蟲蟲告訴後院樹上的蟲蟲，「伏天啦，伏天啦」，後院的蟲蟲回答，「知道啦，知道啦，知道啦」……

黃昏的微風把各家的飯菜香味送進鼻子，誰家在做老北京炸醬麵？又是誰家的烤白薯味兒香飄滿院兒？大人們陸續下班了，家門口響著自行車的叮鈴聲，鄰居們相互打著招呼，孩子們下學啦，張大媽李大爺的叫著，一天中最快樂的時間到了……

最美不過晚上的月牙兒，它孤零零冷清清地掛在柳樹梢上，閃著淒清的光，讓人感到冷清和寂寞甚至悲涼……

回首望去，往事一片空寂，真真假假虛虛實實……伴著我的夢，我的生活，讓我寢食難安。記得有一篇文章題目叫作「念念不忘，必有迴響」，我的迴響就是把它寫下來，變成文字，用這些故事，告慰我天上的父母，悼念我的老北京，慰藉我的心，我的靈魂……

目次

【推薦序】萬物靜觀皆自得／宋政坤——002
【作者序】一半是夢幻，一半是記憶／子蘊——006

北京
胡同・皇城・故鄉根——012

青燈有味／謝國華——014
庭院深深——024
旮旯覓趣——086
我的四季歌——130
九百多萬輛單車IN北京——158
話匣子裡的大千世界——168
雨天變奏曲——178
書中自有顏如玉——188
癡人說夢的日子——200
一封無法發出的信——208
我的地壇情結——220

天津

洋樓・海河・故鄉愁——234

可奈年光似水聲／謝國華——236
天津，夢開始的地方——242
故河無蹤——248
古宅魅影——256
藤蘿架下——262
教堂鐘聲——268
都市繁華——278
西風東進——288
童年童趣——298
冷月如鉤——306

【尾聲】筆落故園——312
【後記】莫道桑榆晚 為霞尚滿天——318

北京

胡同
皇城
故鄉根

青燈有味

（北京）

／謝國華

朱自清在自己的回憶錄中說：「童年的記憶最單純最真切，影響最深最久；種種悲歡離合，回想起來最有意思。『青燈有味是兒時』，其實不止青燈，兒時的一切都是有味的。」

「兒時的一切都是有味的」。我想，這種「味」，應該是被一種文化孕育後濃縮了的情感。兒時的一切，如同子宮裡的胎兒，經過或鄉村文化，或胡同文化，或里弄文化的涵淹卵育，蒙養、沉密出的是世俗文化之「味」。這種「味」，經過了春的滋潤、夏的沐浴、秋的梳理、冬的包裹之後，成為了最初的味覺，深深植根在「味覺器官」的感受系統之中，濃縮在了骨髓裡，「影響最深最久」。

所以，無論歲月如何遞嬗，即使承載過童年生活的舊房子舊街道沒了，曾經搖曳過兒時歡樂的樹沒了，生活的環境變了，但那些曾經涵養過兒時心靈的鄉村文化、胡同文化、里弄文化之「味」卻一直頑固地留在心間。兒時鳥的鳴叫、樹的青翠、花的氣香、衣著的顏色、小吃的味道、叫賣的吆呼聲、熱鬧的廟會、濃香的年飯、紙糊的有格子的窗欞，甚至人的眼神和舉止，鄰里的吵吵鬧鬧等等的瑣細記憶，永遠留有世俗文化的生活氣息之味，鄉土之味。我們在魯迅的童年回憶中就聞到了這種濃濃的味。這種「味」，如同乳香，讓你生津，成為身心無法忘卻的母親的體香；這種「味」，如同陳釀，讓你心癢，成為心田深處無法抗拒的醇香；這種「味」，如同溫床，讓你舒坦，成為心靈無限眷顧的精神家園，成為無法改變的眷戀。它的美在於能讓你靜下心來補償式的自我品咂，每每品咂，都齒頰留香，都能熏香你的心靈。

「兒時的一切都是有味的」，這話有懷舊的情愫在裡面。儘管我們緊攥著雙拳，但時光還是無情地從我們的手指縫裡悄然消失。這「有味」不單是對已逝年華的懷念，更多的是對已經失去的或者即將失去的一種文化的眷念。

不同的文化決定了不同的建築，而特定的建築和自然環境構成的生活氛圍又往往是一種文化的孵化器。鄉村文化和城鎮文化、市井文化是民族文化的根基和搖籃。雖然它們同出於一個盆腔，吸汲的是同一對乳房，但相通中有差異。北京的胡同，上海的里弄，成都的茶館，羊城的小巷等等這樣的建築環境和生活形態，孕育出了各自獨特的民俗文化。如果說，上海的里弄文化，更多的是洋文化、小資文化和小市民文化的融合，那麼，皇城根下的北京胡同文化，獨特在官文化、士文化和平民文化的混雜。這些文化，表現在生活的習俗裡和禮尚往來中，蘊含在百姓的吃喝拉撒睡和穿衣戴帽中，洋溢在喜怒哀樂愁和家長里短中，表現在各種節日的內涵和紅白喜事中，展現在沿街的民間雜耍和叫賣聲中。這些文化的表現形態入目入耳，深深地鐫刻在兒時的腦海裡，成了我們最初的精神財富。雖然我們一百個不情願，但一些老的文化表現形態總是要悄悄地甚至迅速地在我們的面前消失。

隨著所謂「現代文明」的不斷侵襲和吞噬，所謂現代的建築正大量取代了原有的胡同、里弄和小巷。建築環境變了，工作方式變了，人的思維方式和生活形態隨之發生了變化，老的民俗文化受到空前未有的劇烈衝擊。一些倖存的古鄉鎮，老胡同，老里弄，老小巷雖然建築還在，但大多在「改造」的名義下空殼化了。我在遊覽烏鎮時，斜倚河邊的軒欄，望著那流動緩慢的河水，碧水與建築相映成趣，卻沒了烏色小船的輕搖慢弋；雖河水蕩漾，亭臺對峙，清新幽靜，景色如畫，卻只見「小橋、流水」，不見「人家」，大部分原居民早已外遷，留下的成為了旅館的服務員，因而，雞犬之聲不能相聞，更不見那「薄汗輕衣透。見客入來，襪剗金釵溜。和羞走，倚門回首」的江南女子，情景寂寂，大有「柴門空閉鎖松筠」之淒涼。可就在這古鎮改造之前，這裡雞犬之聲相聞，「向來一一是人家」。恰恰是這原有的一切，才構成了中國江南獨有的古鎮文化。聯想到已改為旅館的民居，內部完全是西式的現代裝飾和設施，完全沒了晚清和民國時期普通民居的陳設，不覺大為失望。這裡除了旅遊旺季的風俗表演，不見人家，不再有往常百姓的吃喝拉撒睡了，不再有原居民不同節氣中不同的生活習俗，比如春節拜年、元宵走橋、清明香市、立夏秤人、端午吃粽、水龍大會、天貺曬蟲、中元河燈、中秋賞月、重陽登高、冬至祭祖等等鄉間風俗了。我們需要這樣的博物館式的古村古鎮的改造嗎？鄉村文化生存在鄉村之中，古鎮文化生存在古鎮之中，只有遊客，沒了原居民原生活形態的鄉村和古鎮，僅留「黃皮白心」的建築外殼，能原汁原味地保存中國江南的鄉村古鎮文化嗎？這種空殼化、標籤化、雕塑化、博物館化的改造使得原有的賴以胡同、里弄、小巷才生存的世俗文化，漸漸失去了根基，漸漸地失去了精神棲息點，原有的文化形態，原有的那種古鎮味道，將離我們越來越遠，逐漸枯萎，不久將難於尋覓，直至消弭。

變是絕對的，不變是相對的，該走的畢竟要走，無可阻擋。譬如，儘管國家採取了種種保護措施，但因為受眾人群少了，大量的地方劇種正在慢慢消失。胡同文化、里弄文化也隨著時代的變化在變化。五六十年代與三四十年代相比，雖然原有的建築還在，但因為政治氛圍的改變，世俗文化的內核儘管沒有完全散失，但卻在悄然的甚至劇烈的變化中，現在尚留的胡同、里弄又與五六十年代的生活氣息不一樣了。那些炸糕、豆汁兒、焦圈兒、素丸子、豆腐腦兒、炸灌腸等小吃可能還有，但過去那「一盞盞昏黃小燈」構成的商業氛圍沒了，過去的一些世俗沒了或弱了，甚至完全變樣了，所以兒時記憶中的原汁原味總在改變。儘管如此，胡同、里弄、小巷曾經生成的世俗文化的內核不會完全散失，它將通過不同的途徑在新的環境中以新的表現形態延續下去，而這個內核需要人去收集、保存、傳承。

舊物是歷史的沉澱，舊物是放置的老書，舊物是記憶的儲存器，它的色彩由情感所染，與心同色。包括古建築、老建築在內的舊物可能不在了，但舊物承載的老的文化記憶猶在，我們不但要讓即將逝去的那些世俗文化永生在回憶裡，而且要保存在文字裡，影像裡，速凍在文化的冷庫裡，這是一代人的責任。

每一個人的經歷都是一根歷史的細線，同一時期的無數人形成的這些細線便擰成了一段歷史的繩，結成了一個歷史的環。這段繩無法剪斷，不能斷，斷了，歷史就失去了一段記憶，歷史的鏈條就失去了一環。有些古文明，恐怕就是因為丟掉了若干這樣的環才最終消失了。人們有責任如實地細心地梳理自己的經歷之線，保管好，歷史需要這每一根線以及由這無數根線結成的環。

只有從鄉村文化、胡同文化、里弄文化中才能看到一個民族文化的根基或者底相。只有透過這根基和底相才有可能尋找到民族文化的密碼，才能找到打開民族文化大門的「暗語」。那些傳世大作，正是從根基處找到了文化的底相，才感人，才動人，才偉大，才傳世。

因此，所有關於鄉村文化、胡同文化、里弄文化的回憶都是在做這種底相的搜集收藏的工作。把這些原始的東西用文字得以賦形，就是對已經消失或者即將消失的一種世俗文化的挽留和記錄，其文化意義就在這裡。鄉村文化、胡同、里弄文化是一種世俗文化、平民文化，但卻是民族文化的根基。寫下來，定格下來，就是文化博物的收集者，儲藏者，功莫大焉。

前幾年，我曾建議上海的一位朋友寫一寫上海的里弄，但這位朋友工作太忙，實在抽不出時間，所以至今沒有寫。去年，我看到一位上海作家寫的里弄系列很是精彩。為此，我建議北京的博友子蘊寫一寫關於北京胡同的回憶錄，把五六十年代胡同文化的內核記錄、收集、保存起來。

子蘊「庭院深深」系列的可貴之處在於，以兒時的純真無邪的目光觀察事物，以兒時的心靈來敘述和描寫，無故作驚人之語、博人眼球和聳人聽聞的誇張，質樸真實，延續了她一貫的進入內心，出自內心，吐露真情的寫作風格。像微風輕撫般娓娓道來，給人以清風出袖、明月入懷之感。文字從過去的清澈透明，昇華到精警明澈，洗練達觀。整篇，恬淡中有穠麗，敘事中有思考，既徐歌曼舞又張合有序，收放自如，彌見其筆力之俊倘。

子蘊的回憶錄沒有那種「追往事，嘆今吾」的傷嘆，沒有無聊的苦語唱酬，沒有那種歲月苦短的喁喁低吟，緩緩展現的是充滿那個年代的世俗風情的畫面，那些熟悉的歌詞、民謠，「窗欞子」、「棉猴」、「頭巾」、「花盆爐子」、「銅壺」、「風斗」、「烘爐兒」、「糧票」、「話匣子」這些時代的符號，如同豐子愷筆下的世俗畫，本身就是歷史的沉澱，本身就是放置的老書，本身就是記憶的儲存器，而這些瑣細記憶本身就有著詩性成分。她的講述，沒有煽動的詞彙，沒有激憤的議論，完全是流淌於心靈的文字，忠實地還原了那段歷史的真相，再現了那段歷史的典型畫面，動人心，感人情，讓讀者因事所染，情感自生。

從這個意義上講，「庭院深深」已不是一般意義上的回憶錄了，它是二十世紀五六十年代北京胡同文化的集錦。

（謝國華，筆名華章。軍隊轉業幹部、工程師）

庭院深深

北京

欲說當年好困惑

一直想寫寫我記憶中的北京四合院，那些和我的家族，我的童年青少年以及中年時代的生活血脈相連、息息相關的北京四合院。北京的四合院，天下聞名，舊時的北京，除了紫禁城、皇家苑囿、寺觀廟壇及王府衙署外，大量的建築，便是那數不清的百姓住宅。《日下舊聞考》中引元人詩云：「雲開閶闔三千丈，霧暗樓臺百萬家。」這「百萬家」

的住宅，便是如今所說的老北京四合院。

北京四合院歷史悠久，據說自元朝就有了，四合院與北京的宮殿、衙署、街區、坊巷和胡同是同時出現的，是一種中國傳統合院式建築，雖為居住建築，卻蘊含著中國傳統文化的深刻內涵。有錢的人家，可以建三或四個合院，前後相連。合院中以主人好惡決定種植什麼，或植藤蘿架，團松，或種花果樹木，假山，盆景，魚缸，應季鮮花應有盡有。房屋都是單層。廂房的後牆為院牆，拐角處再砌磚牆，大四合院從外邊用高大的牆壁包圍，院牆一律不開窗。以家族為中心的全家人合住在四合院裡，十分安逸舒適。白天，院中蘭桂飄香，鳥語蟬鳴，夜晚，微風習習，樹影綽綽，蛐蛐聲聲，全家人圍坐在院中乘涼、聊天、賞月、飲茶，其樂融融。四合院住房也很有講究，老人住北房（上房），中間為大客廳（中堂間），兒子住東廂，女兒住西廂（要不何來西廂記之說），傭人住倒房，各不相擾。

舊時我家在北京也曾經擁有過自家的四合院，爺爺家在南城鐵門胡同的四合院和姥爺（外公）家在北城菊兒胡同的四合院，因為年代久遠及歷史原因，已無從考證，它們只在母親的講述中出現過：母親的爺爺是安徽合肥人，叫許用海，字平坡，曾任李鴻章的大管家，在北京還任內城中醫院院長，他的宅子就坐落在內城菊兒胡同。那是座非常考究的真正的老北京四合院，每當我看北京人藝的話劇《北京人》、電視劇《大宅門》、電影《城南舊事》時，我就會胡思亂想，爺爺家是不是這個樣子？姥爺家是不是這個樣子？我最愛聽的就是母親講她小時候家族的故事和爺爺家的陳年舊事，當我提起筆想寫寫我記憶中的北京四合院時，眼前浮現的首先是我美麗而憂鬱的母親，母親似夢幻般講述著一個個發生在四合院裡的奇聞異事，其景象就如同昨日……

我對四合院的認知和熱愛即是從母親的故事開始的：母親說姥爺家是四進的院子，門前有上馬石，門洞（大門廳）裡有僕人坐的條凳，母親爺爺的正房前廊後廈，客廳裡全部是硬木雕花傢俱，母親記憶最深的是牆上的一架西洋掛鐘，那個大鐘擺搖來擺去，每到整點時會有音樂報時，非常奇妙。還有一尊和母親身高不相上下，會吞吐大洋錢幣的金彌勒佛。那時母親還小，只有五六歲光景，母親說，她對二姥爺二姥姥印象最深，二姥爺威武挺拔，是個武官，二姥姥很漂亮打扮很入時，舉手投足都很美，像戲裡的人。忽然有一日，二姥姥吞金死了，原因大約是二姥姥夜晚偷偷出去看戲會友，她的緞子紗巾遺落在了院子的穿堂裡，未及二姥爺盤問她就自盡了。後來我長大看到電影《大紅燈籠高高掛》，我的第一個反應就是三姨太的故事並非虛構，原來也是源於生活啊！

我爺爺家四合院的故事就更多了，因為母親嫁入劉家時，娘家已因為母親的爺爺過世而家道中落，而母親的婆家，我爺爺家的瑣瑣碎碎就都印在了母親的心裡。母親從年輕時起，就會時不時講給我聽，而這些故事就像電影一樣，充滿鏡頭感，時時浮現在我的眼前：爺爺家的四合院遠不及姥爺家的四合院闊綽考究，院子只三進，但院子裡花木茂盛，有丁香，石榴，紫藤，一架茂盛的藤蘿盤根錯節遮蓋了大半個院子，架子上淡紫色的藤蘿花不時發散著幽幽的香氣。後院很大，種了許多棵棗樹，東邊一溜兒小房子，一間是佛堂，一間是庫房，一間住著做雜務的姨兒和做飯的何大姐。爺爺奶奶住在二進的上房，父母住西廂房，東廂房住著五叔五嬸。彼時爺爺在外四區做事，每天坐固定的黃包車上下班，父親也工作，家裡只奶奶、母親、五嬸、姐姐及姨兒和何大姐，她倆都和母親關係極好。奶奶封建思想嚴重，還特別吝嗇，平時不准母親回娘家，父親是個大孝子，每天下班都會帶各種食品小吃回來，直接送入上房，只有姨兒和何大姐心疼不滿二十歲的年輕母親，做了好吃的會偷偷送到母親房裡。爺爺心地善良樂善好施，在當地口碑極好，但不理家事，家裡一應大小事都由奶奶掌管。奶奶愛打牌，幾乎每晚都打，母親還得在旁邊伺候著，奶奶還愛聽戲，母親說聽戲的馬車很考究，車篷的四個角都掛著鈴鐺，馬車走起來就發出叮鈴叮鈴的清脆的聲音，奶奶穿著黑色金絲絨的披風，黑絨帽子上別著一朵紅絨花，很氣派。爺爺不喜熱鬧不愛應酬，平時在家總是穿一件青布長衫，捧一本線裝書，非常和藹可親。我雖出生在鐵門胡同，但沒有見過爺爺奶奶，北京解放前他們已相繼離世，僅有的照片，包括父母的結婚照生活照，文革中也被父親悄悄燒了已化為灰燼。

母親說，那時她最喜歡聽夜晚街上的梆子聲和小販的叫賣聲，有賣「硬麵餑餑」的，有賣「嘿兒嘍雞」的，燻雞蛋都用竹籤子串著，一根竹籤串著三四個雞蛋，冬天的夜晚會有挑著擔子賣大麥粥的，大麥粥熬得稀稠適中，上面飄著一層厚厚的粥油，端到家裡熱氣騰騰的非常好吃。還有賣心裡美蘿蔔的，賣心裡美蘿蔔的是推著三個輪子的木車，車上有煤油燈，每次聽到小販的叫賣，母親都會自告奮勇出門去買，小販會按你的要求用刀飛快地將水蘿蔔雕成花瓣，車上的煤油燈在風中忽閃忽閃的，很神祕很淒涼。解放前南城的藝人多，會館多（爺爺家就是安徽宣城會館）。著名京劇表演藝術家言慧珠也住在鐵門胡同，母親說她非常漂亮甚至可以用妖豔形容，她總是打扮得珠光寶氣的，黃昏或夜晚母親偶爾會看到接送她出門或回家的轎車，母親會磨蹭著不回家，為的是遠遠一睹她的芳容。

母親說，那時候北京人極少，爺爺家那麼大的院子，白天晚上就這麼幾個人，很蕭瑟冷清，尤其是秋冬的夜晚，院子裡樹多，風一吹沙啦啦亂響，地上樹影搖曳，冷不丁會竄出野貓黃鼠狼之類小動物，很嚇人。上廁所要穿過耳房前面的胡同，到後面院子裡棗樹林子盡頭，母親點著我的鼻子說：「像你這樣的膽小鬼，還不早嚇死了。」爺爺的院子裡鬧黃鼠狼，黃鼠狼愛開玩笑，姐姐拿著的撲撲噔兒（我不會寫這幾個字也不知道是什麼估計是風車之類）一走進後院，雖沒有風也會轉起來，發出撲噔兒撲噔兒的聲音。何大姐做飯，無論放多少大米，燜熟了都會一大鍋，每次都要剩許多飯挨奶奶罵，姨兒說是黃鼠狼和何大姐開玩笑，把別人家的米搬過來了。何大姐急得對著院子喊：「老爺子（她們管黃鼠狼叫老爺子），您行行好，您別老跟我逗悶子了，您再逗，我的飯碗都快沒了。」從那天起，何大姐便倒楣了，「老爺子」再不給何大姐添米，煮飯時無論放多少米，都不夠吃，何大姐還是要挨奶奶罵……姨兒說，是黃鼠狼又把奶奶家的大米搬隔壁家去了……爺爺家還發生過一件不可思議的事，就是有一年院子裡的夾竹桃就和曹雪芹的《紅樓夢》裡所寫的情節一樣，反季節開花兒了，第二年奶奶和五嬸兒就一起死了。

姐姐對鐵門胡同四合院的印象是每年的七夕晚上，母親都會陪姐姐坐在藤蘿架下，給姐姐講牛郎織女的故事，指給她看天上的星星，並且讓姐姐屏住氣，聽織女的哭聲，母親說小女孩眼睛乾淨，心靈純淨，只有小女孩才能聽得見織女的哭聲。每年的除夕，母親也不讓姐姐出門，說諸神下界，小女孩會看得見，或衝撞或嚇到都不好。我曾經問過姐姐：你聽到過織女哭嗎？姐姐說不記得了。我也曾經認為在這樣的環境中長大，膽子會特別小，孰料偏姐姐什麼鬼啊神啊的都不怕，姐姐說奶奶五嬸死時請和尚念了七天經，每天念完經和尚會扔小饅頭讓小孩子們搶著吃，據說吃這樣的饅頭膽子大，姐姐搶吃了七天小饅頭，最終變成了一個「賊大膽」。

我曾經羨慕姐姐哥哥在老北京四合院和爺爺奶奶一起短暫生活過，曾經遺憾我剛剛滿月就隨父母去了天津。但是現在我不再為此遺憾，母親的故事，父親的風範給了我巨大的想像空間，無論我讀書看電視還是看電影，我都可以任思緒飛揚，讓我的靈魂穿越時空，來到父母親生於斯長於斯的老北京四合院，和我的祖輩一起生活，探一探究竟，父親為什麼那麼儒雅淵博而懦弱，母親為什麼那麼美麗而心高氣傲，當然我還要當面感謝我的祖輩給了我如此優秀的父母，給了我不俗的骨血和情懷……

相伴人間萬家燈火

大約是一九五八年秋天，父母帶著我們兄弟姐妹四人，舉家從天津遷回了北京，但是那時我家已經成了徹底的無產階級，房無一間，地無一壟，我們家也再沒回南城，而是租房子生活，一直到八〇年代中期，在此三十年的時間裡，我家先後在東城區安定門分司廳胡同、地安門南月牙胡同、東四十條胡同、朝陽門老君堂（後改名北竹竿）胡同四個老北京四合院生活過，其實那已經不是傳統意義上的獨門獨院的四合院，而是幾家人甚至十幾家人合住在一個大四合院裡。但我喜歡鄰居們字正腔圓的京腔京韻，喜歡那風情萬種的胡同風情，喜歡街坊鄰里之間扯不斷理還亂的親情。

北京人稱呼未出閣的女孩子都叫姑娘，姐姐是大姑娘，我的官稱自然是二姑娘了，無論我搬到哪裡，我的名字都叫二姑娘，即使我後來結婚了帶著三歲的兒子返城回到老君堂的老宅子，院子裡的大媽大爺仍叫我二姑娘，真是好親切好醉人的稱呼，每每想起，我心裡都有熱浪撞擊的熱呼呼的感覺，都想大聲唱出來那種被「一聲聲喚我乳名」的溫暖的感覺！

分司廳胡同的四合院共四進，大門兩旁有兩個門墩兒，門是對開的，兩扇門上是一副對聯，上聯是「忠厚傳家久」，下聯是「詩書繼世長」。門是黑漆的，字是朱紅色的，看起來非常莊重典雅。進去是一個門洞，最外面是一個特別大的院子，沒有鋪磚，是土地，院子空曠曠的，有好多樹，只有一家唐山人居住在唯一的三間西房裡。聽鄰居們說，他家原來是開煤場的。我只記得他家好幾個孩子，都是男孩，每天都髒兮兮的，女主人腦後挽個髮髻，前額總綁著一個黑色的寬寬的髮帶，我的第一印象，她就是電影《白毛女》中黃世仁他媽，

很兇的樣子。第二進住三家人，過道一個小房間住著一位于姓大胖子，據說是個中學老師，院子裡的南房住兩家人。北面一個月亮門，進得月亮門，是第三進，大北房前廊後廈，是房東住的，我家住三間西房，窗前是一株枝繁葉茂的海棠樹，門的木欞是雕花的，窗子是紙糊的有格子的窗欞，早晨一睜開眼，就看見太陽光透過海棠樹的枝枝葉葉照進來，小鳥嘰嘰喳喳叫著跳著，我會馬上趴到窗子上悄悄地看這院子裡的早晨。東房三間住著一韓姓人家，他家好像也是教師，安安靜靜的，從不和鄰居來往。第四進沒有住房，只有一棵碩大無比的臭椿樹，它的枝幹和茂盛的樹葉遮蓋住半個院落。另外半個院子，一間雞窩，一間倉房，一間廁所。這間廁所只三進的住戶可用，其他住戶都在一進的大院裡使用公共廁所。那時候我已經讀小學二年級，識得不少字了，記憶深刻的是，第四進的院門上，用特別漂亮的毛筆字寫著：「隨手關門免雞過來髒！」字是繁體字，沒有標點符號，我這個從小就有點神經兮兮的孩子，每次進後院推開院門時，都會大聲讀一遍：「隨手關門免雞過來髒」，現在想想都可笑，什麼毛病啊，看來病得不輕！

也許那時候我還太小，不記得和鄰居之間有什麼來往，只記得房東的淑蓮姐，她高高的個子，梳著齊腰的大辮子，長著一雙丹鳳眼，很漂亮，她是話劇

演員，雖然叫她姐姐，但其實她比母親小不了幾歲，記得她第一次去我家，看到母親的照片，驚呼：「這是您嗎？活脫兒一個香港電影演員夏夢啊。」那時候母親沒有參加工作，淑蓮姐沒有演出任務時，一天到晚膩著母親。那時只父親一個人工作，每個月工資好像一〇二元，房租就要交十二元，四個孩子都在上學，生活很清貧，母親不再燙髮，梳著短髮，平時穿淡青色或藏藍色的棉布旗袍（俗稱大褂），但是無論母親穿什麼衣服，淑蓮姐都會誇母親漂亮，她還纏著母親給她剪衣服樣子，給母親寂寞的生活增添了許多樂趣。

另一位來往密切的鄰居是二進院子的陳大媽，那是母親參加工作以後的事，我和弟弟沒有地方吃午飯，母親就找了陳大媽幫忙，當然是付費的，陳大媽爽快地答應了。陳大媽只一個女兒，正在上中學，我和弟弟每天中午都到陳大媽家吃飯，二進院子裡有紫色的丁香樹和白色的珍珠梅，夏天院子裡滿院飄香，陳大媽就在院子裡放一個小炕桌，兩個小板凳，我和弟弟就在院子裡吃飯，陳大媽有時也會搬個小凳子坐在我們姐倆旁邊，給我和弟弟夾菜，添飯，唯恐我們吃不好。每次想起在陳大媽家吃飯的時光，我都會聞到滿院的花香，看見陳大媽慈愛的目光。

壞鄰居也是有的，就是前院的「黃世仁他媽」，和她的幾個髒兮兮的兒子。我們搬進大院不久，不知道為什麼，哥哥弟弟就和他家男孩兒打架了，從沒見過這陣勢的弟弟嚇得跑回了家，他們好幾個兇巴巴的孩子圍打哥哥一個，「黃世仁他媽」不僅不管，還出來罵特別難聽的話，母親下班回來知道了，馬上拉上哥哥的手，找上門去，警告「黃世仁他媽」，如果她家男孩再敢動手打

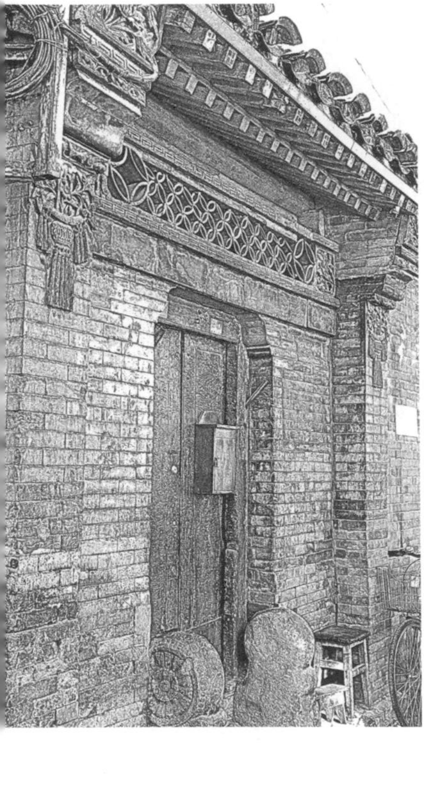

我們家的孩子，母親絕不會輕饒她。奇怪的是，那時的母親那麼端莊文靜，才三十幾歲，如何幾句話就震住了那一家人，從此他們再沒敢動哥哥弟弟一手指頭。

另一個壞鄰居是通往二進院子過道的于大胖子，我到現在也不明白他那樣子算不算是流氓歹徒？還是他就是喜歡逗小孩兒？不管我從前院回後院還是我從家裡出來到外面去，只要遇到他，被他看到，就攔住不讓過，還揪我小辮子，捏臉蛋兒，嚇得我每次途經他家都不敢抬頭，飛跑過去，給我心理造成很大的壓力，甚至做夢裡的妖怪都長著和他一樣的噁心的大胖臉。但是這件事我卻從沒敢跟母親說過，現在想想也不明白，為什麼不敢告訴母親呢？讓母親去警告他一下不就都解決了？

分司廳胡同只我家人這樣叫，當地北京人發音都叫「粉廳兒胡同」，在天津，母親不許我們說天津話，到了北京，父母又不許我們說北京土話，大人們說的「晚末晌」、「晌午」、「老陽兒」（發爺的音）等等母親不讓學，男孩子們說的「撒丫子」、「你丫的」等等北京土話就更不許哥哥弟弟說了，我敢說從小到大我們兄弟姐妹說的絕對是標準的普通話，所以無論在天津還是北京，小學期間在班上領讀和朗讀課文幾乎都非我莫屬。

按理說，我住在分司廳胡同，應該上分司廳小學，當時還是區重點小學，但是因為我是小學二年級第二學期才轉過來，學校不接收轉學的孩子，我只好上了東公街小學。東公街小學離小經場、鼓樓、實驗劇場、圓恩寺電影院都很近，我的家又離安定門老城牆、交道口新華書店、小人書鋪、交道口電影院都很近，這對我這個剛剛到北京的孩子實在是非常新奇的另一個世界，真是上帝給我關上了天津的繁華世界的窗，又給我打開了既古樸又神祕的首都北京的大門，令我的童年生活一直處在好奇和驚喜之中。

給我印象最深的是交道口的早點鋪，我們在天津早晨吃煎餅果子（北京叫油條），豆漿香極了，裡面還有嫩嫩的不成形兒的豆腐呢。北京的早點叫馬蹄兒焦圈兒，馬蹄兒就是燒餅，但是個兒很大，只兩層，沒有夾心兒，打開可以放一個焦圈兒（油炸的小小的圓圈兒），吃起來好香好香，但那時我還吃不下一整個兒，只能和弟弟分著吃。豆漿可沒有天津的好，我對母親說：「媽，要是天津的豆漿和北京的馬蹄兒焦圈兒在一塊兒賣多好啊。」母親笑笑說：「美死你，都成你的了！」

小人書鋪也是我的最愛，小人書鋪在交道口一個像小教堂的地方，解放前應該是個外國人辦的醫院。但是北京的小人書鋪不許借書回家，只能在那裡借閱，姐姐上中學沒時間理我，都是哥哥帶我和弟弟去看小人書，一去就是半天，好過癮。電影院雖然近，我自己還不能去看電影，都是跟著學校去。最開心的事莫過於去實驗劇場看話劇，我的同班同學馮丁華家住實驗劇場對面，她的媽媽總有票給我們，無論是什麼劇，我們都會去看，歌劇《貨郎與小姐》，話劇《欽差大臣》《哈姆雷特》……好多好多，還聽過川劇呢，這一切對我的一生都有很大影響，我長大後喜歡看話劇聽歌劇，還喜歡崑曲，京劇，越劇，川劇……除家庭薰陶外，我想都是實驗劇場給我的啟蒙教育吧！

五〇年代的天津很繁華，有小上海之稱，特別是我家住的和平區是市中心，晚上綠牌電車道叮叮噹噹的電車慢慢騰騰地駛過街道，百貨大樓、中原公司的霓虹燈閃閃爍爍，馬路上燈紅酒綠，有賣鮮花的賣小吃的非常熱鬧。小白樓的西餐館是父親常帶我去的地方，吃過晚餐還帶我到海河邊的幹部俱樂部去跳舞。再加上天津人愛熱鬧講究吃穿，會生活，母親在大院裡有好幾位同樣為全職太太的好朋友，過得很開心。當我全家突然來到了一到晚上大院裡胡同裡都悄無聲息，只有一盞盞昏黃小燈的空曠曠的北京城，母親非常寂寞，常常後悔不該來北京。可是我們幾個孩子卻毫無過程地迅速融入到新生活，並且很快愛上了大北京，愛它的悠久歷史，愛它的博大精深，愛它的斑駁老城牆，愛它的風土人情和京腔京韻，這種愛深入骨髓，延續至今，我想也將會伴隨我終生！

我上小學五年級時，我家又搬家了，那時候我已經長大了，搬家的原因我還是知道的，因為反右派運動中，父親的朋友，借住我家隔壁的從上海來北京工作的吳勳伯伯，經受不住批鬥，用一把剃鬚刀結束了自己年輕的生命，這個陰影一直籠罩著父親母親，最終我們搬離了分司廳大院，來到了鼓樓前的地安門南月牙胡同，而我和弟弟也轉學來到了黃化門小學。

南月牙兒胡同在地安門慈慧殿胡同內，是和北月牙兒相對著的一條彎彎細細的形似月牙兒的小胡同。我新家的院子不大，只一進院子，從大門進來是個過道，北京人稱作門洞，進得院子東西南北四個方向各三間房，北房照例較寬敞高大，但是那時候已經沒有房東了，房子都歸公了，屬於房管局，房租似乎也很便宜。三間北房分別住著兩家人，靠東邊的一間住著母女兩人，據說是漢奸的太太和她抱養的女兒，我們都叫她程大媽，程大媽身材高挑兒，皮膚白皙，腦後高高地挽著一個大髻，看樣子年輕時是個美人兒，她的丈夫不知道是死了還是跑了，沒有聽大人們說過。程大媽的女兒程姐姐是小學教師，程大媽叫她艾迪。靠西邊的兩間房住著一家抗美援朝歸來的榮譽軍官一家四口，夫妻二人和一對雙胞胎女兒。聽母親說，他在朝鮮作戰時，在山洞裡繪作戰地圖，七天七夜沒見光，出了山洞被皚皚白雪一晃，眼睛失明了！我不明白的是，他應該是英雄啊，怎麼沒有領章帽徽，還住在平民百姓的房子裡？他個子很高大，戴一幅墨鏡，不苟言笑，我心裡一直非常敬畏他甚至為他憤憤不平，他有時出門，他愛人若是晚了一步，我恨不得自己去當他的拐杖或者去牽他的手，但是很快他一家就搬走了。新搬來的一家人很奇怪，男主人不上班，女主人上班養家，女主人身材小巧玲瓏，總穿著素色旗袍上班，無論上下班，朱大媽程大媽都要和她開很過分的玩笑，她倒也不急，笑笑就走了。她家有一個上中學的女兒，和她關係非常緊張，她總是用非常惡毒的話辱罵女兒，根本就不像一個做母親的，所以我很憎恨這個女人，從不和她說話，也從不和她丈夫女兒說話，我內心的直覺告訴我，他家都不是善良之輩！

東屋三間住著母女二人，女主人我們叫她崔嬸兒，女兒小頻比我還小，也在讀小學，她的爸爸據說是歷史反革命，一直在大牢裡關押著，但是崔嬸兒卻在房間的一進門牆上掛著她先生的大幅照片，她先生穿著西服戴著領帶，看樣子是個知識份子。崔嬸兒很樂觀，我的感覺她可能就是個工人吧，每天下了班她都坐在院子裡抽煙和鄰居說說笑笑，她有個女友，經常到她家串門，在院子裡旁若無人地和她說笑打鬧，一起做飯吃飯甚至留宿，我看她過得倒蠻開心，從未見她愁眉苦臉過，只是她煙抽得很凶，一支接著一支，母親說，那就是她心情抑鬱苦悶的表現。

南房住著一家三口，夫妻倆和一個沒考上大學的兒子，先生是法院的法醫，太太沒有工作，是家庭婦女，我們都叫她朱大媽。朱大媽大概因為成分好，是我們這個小院的負責人。朱大媽很喜歡我，總是誇我愛笑，每次放學回家，我第一個見到的準是朱大媽，我蹦蹦跳跳跑進院子，脆生生叫一聲「朱大媽！」朱大媽肯定脆生生答應一聲：「哎，好孩子！」如果院子裡有旁人，朱大媽就會說：「瞧這小丫頭多愛笑，笑得多好看。」臺詞從不改變，天天如此，不厭其煩。

我家住在三間西房，那時父親已經調往外地工作，不知道是邯鄲還是石家莊還是張家口，反正這三個城市他都待過，父親是河北省計委的幹部，解放前的舊知識份子，又不是黨員，總是在河北省內的城市調來調去，不知道是因為業務過硬還是個性軟弱，每每想到此，我都義憤填膺，都怨我還太小，為什麼不去和那些當官的理論理論，「螺絲釘」多了，幹嘛總是把我的爹爹這顆最小的「螺絲釘」擰來擰去？這不是明擺著欺負人嘛！

看到此處諸位看官都會倒吸一口冷氣，這還得了，子蘊小時候的生活環境曾經這麼惡劣過啊，一個院子裡又是漢奸遺孀又是反革命家屬，簡直就是一個烏七八糟的大染缸啊！其實不然，我今天之所以敢實事求是地寫出我們這個大院裡的故事，就是我長大以後慢慢懂得，那些傳說的所謂家庭成分未必是真，關在大獄裡的也不一定都是壞人，胡風、關露當時也在監獄關著呢，他們何曾是壞人？

我們大院鄰居相處非常和睦，鄰里之間從未發生過矛盾糾紛，因為家家戶戶門對門，除了冬天，一年三個季度大人孩子們的活動空間都在院子裡，誰家今天吃什麼了，誰家來信或添置新衣了，誰家孩子沒考好被罵請家長了，真的是一點隱私都沒有！現在想想這樣「開放式」的生活恐怕世界上除中國之外，絕無僅有，雖然有點不可思議，但是我在南月牙胡同生活了差不多三年，記憶中似乎沒有留下什麼不能共同分享的事兒，也許還是年紀小，總之我每天都傻呼呼高興著。

我們院子裡孩子不多，哥哥姐姐和南屋的女孩兒都上中學呢，很少在家，經常在院子裡玩兒的就是我和弟弟還有小頻兒。小頻兒很能幹，她媽媽回家晚時，她就自己做飯，因為不會做，就總是來我家問東問西。有一次她問我怎樣蒸雞蛋羹，我告訴她把雞蛋打碎，放上鹽就可以了，結果她蒸出來是一個黑黑硬硬的疙瘩，氣憤地來問我怎麼回事兒，剛好母親已經下班回來，母親看了笑的夠嗆，跟小頻兒說：「瞧你這傻丫頭，問誰不好，問她，她哪裡會做飯，她沒告訴你蒸雞蛋羹應該放點水把雞蛋打散了再放點鹽蒸吧！」看著小頻兒氣得要哭的樣子，母親說：「別走啦傻丫頭，就和我們家笨丫頭一起吃飯吧。」那天母親很開心，一邊吃飯一邊給我們講了一個笑話：笨媽媽在裡間屋縫被子，笨女兒在廚房和麵，女兒喊：「媽吔，我水放多了怎麼辦呀？」媽媽說：「加麵！」女兒又喊：「媽吔，我麵又放多了怎麼辦呀？」「加水！」就這樣幾次「加麵」、「加水」之後……最後女兒又喊：「媽吔，快來救救我吧，我把自己和到麵裡面出不來啦！」這回是媽媽在裡間屋大喊了：「閨女哎，媽救不了你啦，媽把自己縫被子裡啦！」我以為母親意在取笑我，氣得反唇相譏：「那是因為她的媽媽才最笨！」全家人聽後笑得更歡了！

我們院兒一進大門的門洞兒夏天特別涼快，暑假期間程姐姐和南屋的那個沒考上大學的朱大哥喜歡在門洞兒裡聊天兒，朱大哥沒考上大學也沒有工作，到處打工，他個子高高的，長得很精神，可惜學習不好，他還特愛開玩笑，沒什麼正形兒。那時候北影正在拍曲劇電影《楊乃武與小白菜》，他在裡面混了個群眾演員，因為是夏天，每天回來他都在門洞裡神侃吹牛皮，給大家講他拍戲的經歷，我那時候不懂什麼叫群眾演員，就滿懷崇拜地問他：「你在裡面扮演什麼角色啊？」不等他說話，程姐姐就說：「嗨，他就是縣官升堂時兩邊拿著板子站立著的衙役。」「有臺詞嗎？」我不甘心還問，程姐姐高興地站在板凳上搶著說：「有哇！有哇，就是一句喂——嗚——！」我們大家都笑瘋了，從此一見朱大哥就叫「喂——嗚——！」朱大哥嘴還特別欠，他的同班同學是我的同學薛紀華的哥哥，他跟人家說，你同學小蘊家的房子又細又長，就像一輛公共汽車。薛紀華告訴我後我特別生氣，有一天他到我家來找我哥哥玩兒，我堵在家門口不讓他進屋，偏讓他交錢買公共汽車票，正鬧得不可開交，母親下班回來了，知道了事情原委，批評我說：「小孩子家家的，不許那麼矯情，他是哥哥，你該尊重他！」我說：「他算什麼哥哥，不就是喂——嗚——嗎？」院子裡的鄰居們聽到都笑噴了，倒是讓母親有點丈二和尚摸不著頭腦。

北屋的程大媽生活上比較精緻，她們母女倆無論吃穿都比較講究，有時候她做好飯，母親若沒下班，她會招呼我和弟弟一起吃，但是我和弟弟從沒進過她的家門，沒吃過一口她家的飯，為此母親誇我和弟弟懂規矩，母親說：「老北京人都特別客氣，不能人家一讓，你們倆就傻二個似地真跑人家吃飯去了。」我和弟弟為此很生了母親一段氣，真是太小看我們姐弟倆的覺悟和教養了！

程大媽不知道解放前是幹什麼，反正她家來的客人都是曲藝界的，其中還有當紅的角兒，可惜我不知道那些角兒都是誰。我們胡同裡就有一位不知是唱單弦的還是唱大鼓的女人，大約四十多歲，長得非常漂亮，她的皮膚是淺淺的棕色，嘴唇是紫紅色的，她總是梳一條長長的粗粗的大辮子，程大媽家一來客人她肯定也會過來，我好喜歡藏在母親身後偷偷看她，每次她發現我都會朝我微微一笑，我才終於明白什麼叫嫣然一笑，真是好迷人啊！

來的客人們大都在院子裡坐著，一張圓桌，幾張籐椅，一壺茶，他（她）們邊聊邊喝茶，有時候來了興致還會拿起傢伙式兒，或來一段梅花大鼓，或來一段單弦，令我佩服不已的是無論唱單弦唱大鼓，他（她）們都是自己伴奏。聽的人或搖頭晃腦地跟著唱，或找個筷子之類在桌子上敲著鼓點兒，好有味道。逢到父親在北京，也會被拉去唱一段京劇，父親會拉京胡，邊拉邊唱：「我好比籠中鳥有翅難展，我好比虎離山受了孤單，我好比南來雁失群飛散，我好比淺水龍被困沙灘……」我坐在院子裡小板凳上，聽著父親的唱段，望著天上彎彎的月亮和漫天的星星，心裡想著我的博學多才、鬱鬱不得志、又長年一人漂泊在外的父親，小小的心坎裡竟然有一種說不清道不明的悽楚的感覺……

南月牙的小四合院地理位置特別好，地處市中心，當時北京最熱鬧的地方莫過於東單西四鼓樓前，地安門就在鼓樓前，我家又在地安門慈慧殿內，是個鬧中取靜的小院落，生活上非常方便。柴米油鹽醬醋茶，周邊小副食店糧店就都可以解決了。

當然我最喜歡的還是地安門菜市場，那是個非常大的集雞鴨魚肉、副食品、蔬菜、糕點糖果於一體的大市場，那時候雖然買東西都要憑各種票證，物資供應比較貧乏，但是也難擋那個大市場對我的誘惑力，最喜歡的莫過於一進菜市場一面牆上的一幅超大的宣傳畫，畫面上是一輛大卡車上站著一個胖胖的豬媽媽，豬媽媽頭上還戴著一塊被風吹起來的飄著的紅色方頭巾，車下面站著一群穿著各式色彩鮮豔花衣服的小豬崽，豬媽媽和小豬崽正在相互揮手告別，畫面上還配了一首順口溜：「肥豬真胖，它把汽車上，囑咐兒孫快快長，我先去支援市場！」這畫和詩配得真是絕了，非常生動幽默搞笑。去菜市場買菜和副食品一般都是母親或姐姐帶我去，她們忙著買東購西的，我總是靜靜地仰著頭看著那幅碩大無比的畫發呆，胡思亂想：豬媽媽好傻啊，它難道不明白前面等待它的是什麼下場？還有那些馬上失去媽媽的，可憐的豬寶寶們，想想好心酸……有一次我實在忍不住把這心情跟母親講了，母親聽了說：「那不過是一幅畫兒，到你這兒就又編故事，你要是真慈悲心腸，以後就不要吃豬肉，把肉省下來給哥哥弟弟吃！」見我不說話母親又笑了：「知道嘛？你這叫貓哭耗子假慈悲！」

說到這兒我忽然想起母親說我貓哭耗子不是一次了，另一次是住分司廳胡同時，母親要殺掉一隻老母雞給我們兄弟姐妹吃，我替母雞說情沒用，還沒到上課時間，我傷心地背上書包哭著跑了，待到我中午放學回來，方桌上擺著一盆香噴噴的燉熟的雞，全家人看著我，想想早上我悲痛欲絕的樣子，都以為我不會吃這隻雞，沒想到我「咬了咬牙」，還是吃了，且一點沒比兄弟姐姐少吃。事後母親就說我是貓哭耗子假慈悲！

菜市場旁邊是一個吃早點的小吃店，那裡的炸糕、豆汁兒、焦圈兒、素丸子、豆腐腦兒、炸灌腸，都特別好吃，我最愛吃的還是麵茶，麵茶是用糜子麵做的糊糊，上面蓋一層用香油調好的芝麻醬，再撒上一點點胡椒鹽，吃起來香極了。喜歡和母親或姐姐一起去買菜，經常可以吃一碗麵茶或者品一品其他各色小吃也是吸引我的原因之一。

買米和麵也是我記憶中非常好玩兒的事情，糧店都不大，離家很近，盛米或麵的都是連起來的一個個大木頭箱子，沒有蓋子，大木頭箱子把買賣雙方隔離開來。售貨員都帶著白帽子和口罩，稱米或麵時，拿一個大的白鐵皮的類似鏟子的東西，一鏟一鏟地放到秤上的一個也是白鐵皮的簸箕裡，稱好了，你自己撐著口袋，售貨員拿著簸箕往袋子裡倒。賣麵的是一個年輕的還不能稱其為叔叔的人，他總是惡作劇，往我的麵袋子裡倒麵時，倒得特別快，撲的一下子，撲得我滿頭滿臉都是麵粉，看見我狼狽的樣子，他就會開心地大笑。我到現在還記得普通大米是一毛四分八一斤，天津小站稻是一毛八分四一斤，如果母親不囑咐我，我就自作主張買貴的，因為天津小站稻吃著多香啊！

在地安門和鼓樓之間，有一座連接東西什剎海的石橋，因為橋是弓型的，我自己給它取名叫羅鍋橋，羅鍋橋下有一個小飯館，忘記了它的「字號」是什麼，裡面賣炒肝，鹵煮火燒，蓋飯，炸醬麵等等。不知道為什麼，這個小飯館打烊很晚很晚，夜晚燈也不是很亮，幽幽的，昏黃的，很有味道，特別像日本電影裡那些小小的充滿人情味的拉麵館。父親吃飯很講究，他從不帶我們到這裡來，偶而回北京，會帶我們去東來順吃涮羊肉，到全聚德吃烤鴨，到王府井的和平西餐廳吃西餐或到莫斯科餐廳吃西餐。但是母親有時下班晚，我和弟弟還沒吃飯，母親會一手拉上我，一手拉上弟弟，去羅鍋橋下的小飯館吃飯，我喜歡吃蓋飯，弟弟喜歡吃鹵煮火燒、溜肥腸之類油膩膩的東西。有一次我們正在小飯館吃飯，不知道哪裡失火了，救火車鳴著犀利的笛聲呼嘯而過，母親說：「現在過年都不拜火神爺，不等著失火等什麼？」接著給我們姐弟講了一個她小時候聽姥姥講的故事：地安門有一個火神廟，剛好就在我們吃飯的小飯館附近。有一年的大年三十，財神爺、灶王爺、火神爺一起吃年夜飯，財神爺、灶王爺不斷收到民間老百姓們供奉的香火和食品，只有火神爺沒有人供奉，令火神爺好沒面子，十分尷尬，忽然，他眉頭一皺計上心來，他說：「老哥倆請慢飲，稍等兄弟片刻，我去去就來。」不一會兒功夫，鐘鼓樓、地安門附近的民居相繼著起了大火，火被撲滅後，老百姓們才想起，各家各戶莫名其妙一起著火，且火勢不大，一撲即滅，肯定是火神爺怪罪了，於是趕緊都湧到火神廟磕頭，燒香，上供祭拜……火神爺終於在財神爺、灶王爺面前掙足了面子。從此後，逢年過節，到火神廟祭拜、進香成為慣例，地安門火神廟的香火也越來越旺。講到這兒，母親感慨地說：「如今反對封建迷信，別說火神廟，所有的寺廟都關閉了，沒有人進香了，過年也再沒有以前紅火熱鬧了。」

大約是二〇〇八年左右，有一天北京晚報刊登了一則短消息，說地安門火神廟正在修復中，很快要重新對外開放，我告訴母親這個消息，母親非常高興，我說：「媽，到時候我陪您一塊兒去拜火神爺，我到現在都還不知道火神爺長什麼樣子呢？」但是直到二〇一〇年母親去世，火神廟也沒開，現在終於對外開放了，而且我每天接送孫女潤兒去幼稚園都從那裡走過，但我從未進去過，因為再也不能陪母親同去，這裡竟成了我的傷心之地……

亦真亦幻難取捨

我家在北京先後搬過四次家，住過四個四合院，只有從南月牙胡同搬到東四十條胡同不是因為政治原因，而是因為南月牙胡同的鄰居程大媽的朋友佩珊阿姨，她當初應該也是有點身份的，因為她穿著打扮很講究，不華麗但是很高雅。據說其實她孤身一人，生活很窘迫。她住在東四十條胡同一個真正的四合院裡的三間非常寬敞的東房裡，因為租金很貴，每個月要十二元錢，所以找到母親，希望和我家換房，因為南月牙的房租每月只六元錢，母親當然非常高興，馬上爽快地答應了。但是十條的房東老太太聽說要搬進來的住戶有兩個正在上初中的孩子，堅持要見見我和弟弟，「面試」一下再決定，那時我和弟弟已經分別在女十二中和男二十五中讀初中了，待到她見到規規矩矩的我們姐弟倆，立刻高興地同意了。

東四十條的四合院才是傳統意義上的老北京四合院，五間大北房前廊後廈，北房東西兩間耳房，東邊的一間是廚房，前面是一架葡萄，廚房裡面供著灶王爺，西邊的一間是洗手間，洗手間前面有一棵大大的棗樹，遮住了洗手間前面的一方空地。房東老太太家只有三位女性，寡婆婆寡兒媳和一個在清華大學讀書的孫女。

西房三間住著北京解放時隨傅作義起義的職位很高的老夫妻倆，無兒無女。四合院的南面臨街，一進門是一個木頭雕花有些斑駁的大影壁。我家住東房，房子兩明一暗，隔斷是大玻璃的，窗子也是大玻璃窗，房間很高大寬敞，牆壁雪白雪白的，非常明亮。因為第一次住東房，下午怕西曬，母親用薄薄的白色的紙剪了像窗紗一樣有細細花紋圖樣的窗紙，貼在窗玻璃上。窗簾是我做主自己去買的，我用全家買人造棉的票證，買了深紫紅色的人造棉，做了大窗簾，下午西曬時，窗簾一拉，房間裡變成了淡淡的紫紅色，有一種非常美麗的夢幻般的氛圍。我不大會做飯，但是我愛收拾佈置房間，我在房間的玻璃隔斷上貼上從畫報裡剪下來的色彩鮮豔的幾幅前蘇聯的油畫風景，因為小時候看前蘇聯的小人書，我非常喜歡書裡畫的那些雕花的玻璃器皿，所以偶爾碰到價格便宜的花瓶，水果盤，成套的雕花玻璃杯，包括看到我喜歡的衣服，我一定會騎車到母親單位去要錢，母親似乎從未拒絕過。我一去母親單位，母親的同事就會逗我：「二姑娘又看到什麼好東西了？又找媽媽要錢來了！」我們兄弟姐妹四人，三個人都不肯亂花錢，唯獨我，看見喜歡的東西一定會毫不猶豫地找母親要錢。姐姐每月的十二元生活費花不完還經常給我買東西，從這一點上看，我從小就不太懂事，也很得寵，我一直感謝父母給我養成花錢大手大腳的習慣，讓我一輩子都不看重錢，不會為錢財和任何人斤斤計較。

我家窗前是一棵高大的枝葉茂密的核桃樹，西房前是一棵高大茂盛的海棠樹，房東的窗前是一棵白玉蘭，廊下掛著一個鳥籠子，兩隻黃色的小鳥吱吱叫著，跳來跳去。院子中間是一個大魚缸，幾條鼓著大眼睛的金魚搖頭擺尾甚是得意，金魚缸的旁邊是石榴樹和夾竹桃，母親囑咐我們姐弟，不要去擅自餵魚：「那是房東奶奶的心愛之物，是她用來解悶兒的，你們可以看，但是不可以餵它們。」令我不解的是，房東奶奶和兒媳都不上班，婆媳之間也不大講話，孫女也不常回家，一家三口若即若離，不似我家兄弟姐妹和父母之間那麼親熱，一個院子裡住那麼久，我甚至不知道她家姓什麼，和她的孫女也沒說過話。西房的伯伯姓康，年齡比我父親要長幾歲，但是夫妻雙雙賦閒在家，生活很有規律，每天都有人來送報紙雜誌，康伯伯坐在自家門前的籐椅上看書看報，一看就是半天兒。他的太太給他沏茶倒水送點心水果之類。

這就是我家的新鄰居，他們都很和氣，見到我們姐弟也會親切地嘘寒問暖，每天早晨康伯伯很早就起來掃院子，康媽媽澆花，魚必是房東奶奶親自餵的。看到早晨院子裡的景象，不由讓我想起父親教我的似乎是《女兒經》裡的一句

話：「清晨即起，灑掃門庭。」可惜他的女兒是個懶丫頭，除非上學時沒辦法，只能早起，寒暑假裡我都會睡懶覺睡到姐姐強行拉起我才肯起床。

我家院子裡鄰里之間是不交往的，所以這個院子裡總是靜悄悄的，只有我偶爾站在房東廊下看那對鳥籠子裡的小鳥兒時，房東奶奶會親切地叫我：「二姑娘，快上來看，坐奶奶的凳子上看！」

因為沒有南月牙那些鄰居們之間的七嘴八舌，所以我不知道新鄰居們的社會背景，直到文革，他們兩家遭難，我才懵懵懂懂知道幾分，但是是真是假我不能肯定，在那個「欲加之罪何患無辭」的瘋狂年代，孰黑孰紅孰對孰錯誰能說得清？！

那些年，父親的工作頻繁調動，因為前面講過的原因，我的家在市內搬家也很頻繁，但是我們兄弟姐妹的學習從未因為搬家而受到影響：

現在想想，我自己都佩服自己，小學六年我竟然先後在兩個城市（天津、北京）三所小學校讀書（天津一區中心小學、北京東公街小學、黃化門小學），適應能力真是超強，在東公街小學我四年級就當上了少先隊大隊文體委員，到了黃化門小學，我不僅沒掉隊，竟然官至少先隊大隊主席了，這可能是我一生中最「平步青雲」的事兒了。姐姐哥哥都上中學了，姐姐在天津女七中讀初二，轉學到北京無論學習多好，也不能直接進女校，只好就近到北京二十三中（男女合校）上了一年，直到初中畢業。姐姐因為品學兼優，學習特別出色，初三畢業報考高中時，校方找她談話，保送至本校並獎勵金質獎章，姐姐堅辭，一定要報考女子學校，她的想法獲得父親母親的支持，最終姐姐如願考上了北京市重點學校女二中，本來應得的金質獎章，被降為銀質獎章了，姐姐並不以為意，女二中校風好，學習成績在全北京也是名列前茅的。哥哥高中考上六十五中，他是我們兄弟姐妹中唯一在男女合校讀書的孩子。

我的初高中都在北京市女十二中，即大名鼎鼎的教會學校貝滿女中讀書，弟弟在男二十五中，即大名鼎鼎的教會學校育英中學讀到一九六六年初中畢業。最終哥哥姐姐都以優異的成績考上了一流大學，姐姐考進了北師大物理系，哥哥考進了北京郵電學院有線電專業，父親母親一直為我們兄弟姐妹都愛學習驕傲，而我們一直感恩父母為了不影響我們讀書，到北京後當父親的工作再次調動時，父親對母親說，為了孩子們的學習不受影響，你們不能再跟我顛沛流離了。從此我們紮根北京，即使文革中全家六口人被發配到全國五個地方，但因為母親這棵大樹在北京，最終全家人都葉落歸根，回到北京。但我一直認為，父母親為了我們兄弟姐妹的學習不受影響，是以自己的婚姻為代價的，長時間的兩地分居使他們本來就基礎不牢的婚姻，終於解體。對此我是一直心懷感恩且有負罪感的。

如果是拍電影的話，到了這一集應該是：忽然間狂風大作、烏雲翻滾、飛沙走石、電閃雷鳴、房倒屋塌、妻離子散、天各一方……新中國在走過了十七年的春天以後，嚴冬來臨了。中華民族到了最危險的時候！這一天來得這樣快、這樣突然、這樣讓人猝不及防，工廠停工了，學校停課了，除中央以外，各級政府癱瘓了，成千上萬的人湧上街頭，沒有了法律，沒有了秩序，沒有了良知，中國從此陷入了人與人之間的爭鬥、內哄，彼此打壓、迫害、抄家，沒收和侵佔財產……人的惡劣本性：嫉妒、仇恨、貪婪、兇殘、自私、偽善都被冠以革命的外衣合法地表現出來。一時間人們失去了尊嚴，失去了保護，失去了房屋，失去了財產繼而失去了家庭，失去了丈夫妻子，失去了兒女，直至失去自由和生命。天下大亂了……

我記得當時有一篇社論叫「觸及靈魂的文化大革命」，不記得說的是什麼，但標題沒說錯，日後的發展還真是觸及了人們的靈魂，連小小的孩子們也沒放過。從那一天開始我們在學校再沒有學習和集體活動，大家各自組團組隊按照自己的派系活動，貼大字報。我不是紅五類（工農兵、革幹、烈士子弟），沒有資格參加紅衛兵，可我也不是黑五類（地、富、反、壞、右），也不屬於打擊對象，充其量算作紅週邊（當時對既不是打擊對象又不是依靠對象的同學稱為紅週邊）。可我不記得哪位紅五類來團結過我，我倒是自覺自願地站在倒楣蛋兒的一邊兒了。因為我的幾個好朋友的家庭都遭遇了滅頂之災。

剛開始我們並不明就裡，只是認為革命了運動了，到處轟轟烈烈人山人海。我們只是騎著自行車到各大學去看大字報，本校也貼滿了大字報，老校長焦其樹也突然成了反革命被打倒了。但是很快風向就變了，一隊隊的紅衛兵騎著二六翹把自行車，剃著光頭，戴著紅袖章，到處抄家，打人，當時他們或叫聯動，或稱西糾。紅色恐怖開始了。

我家院子裡沒有其他的孩子，只我和弟弟在讀中學，哥哥姐姐和房東孫女都在讀大學，他們都住校，院子裡進進出出的就我們姐弟倆。外面世界的混亂癲狂，我家小院再封閉再清靜，房東婆媳也是知道的，西屋康老夫婦天天看報紙聽廣播，更是比我們清楚國家當前的形勢。有一天我和弟弟都在家，房東老奶奶突然喊我們姐弟倆幫忙，原來她從房間裡陸續搬出幾大件瓷器：有撣瓶、招財貓、瓷枕頭等等，叫我和弟弟幫她砸碎：「孩子們來，來，幫奶奶破四舊！」母親對我們姐弟使眼色：不准去！然後大聲對老奶奶說：「您別教孩子們暴損天物啊，好好的東西砸它作甚麼！」母親小聲告訴我們：「老奶奶可能是害怕你們倆是中學生造反派，做樣子給你們瞧的，你們不准過去啊！」

有一天我從學校回家，見到大門口停著大卡車，上邊站著穿軍裝戴紅袖章的紅衛兵。進門一看院子裡亂七八糟，原來康伯伯家被單位紅衛兵抄家了，且把老兩口五花大綁押上了卡車，據說是遣返回原籍，罪名是歷史反革命。更可怕的事還在後頭，沒幾天的功夫我家院裡來了許多中學生紅衛兵，如果我沒記錯，應該是六十一中的，他們把房東的家抄了個底兒掉，開始時讓婆媳二人跪在地上，院中間堆滿了抄出來的東西，晚上開始燒，院子裡火光沖天，弟弟膽大坐在房頂上看，我非常害怕，找出一本《烈火中永生》的書趴在桌上抄。不料西房頂上也有紅衛兵，看到我整夜抄寫東西第二天一早就湧進來問我出身，參加了什麼組織，並且把我抄的東西拿過去翻看，看到是革命的書就沒說什麼。現在想想我們雙方都很幼稚，我在這種情況下抄寫《烈火中永生》究竟站在誰的立場上？而紅衛兵不問動機只要看是革命的書就不再追究。實際情況是我非常害怕，找這本書給自己壯膽，什麼也沒想。紅衛兵拿鞭子指著玻璃隔斷上的那些從畫報上剪下來的美麗的風景和人物油畫，說我是資產階級孝子賢孫。正鬧得不可開交，居委會主任李香巧來了，她幾句話就把他們勸離了我家。後來紅衛兵在房東的屋頂搜出了穿軍裝（不知是軍閥的還是國民黨軍隊）的老照片、軍刀等等，形勢突然嚴峻了，說是婆媳倆想變天，他們解下皮帶開始拼命抽打她們，那個女紅衛兵邊抽打邊歇斯底里地哭，那情景實在太恐怖了。房東老太太先時還大聲地說：打得好，打得好！漸漸就氣弱了……我嚇得趁亂跑出了大門……忘記又過了幾天，婆媳倆雙雙被打死了……

也就是不到一個月的時間，我家的大院面目全非，滿目瘡痍。死的死走的走，偌大一個院子，只母親帶著我和弟弟。我受了這場驚嚇，從此不能吃飯、不能出門、不能睡覺，整日生活在恐懼和焦慮中，連走路都腿軟，得了一場大病。那幾天西房搬來了一家新鄰居，夫婦倆帶仨髒兮兮的孩子，母親囑我們叫他們溫叔、溫嬸。因為看到我家白天整天拉著窗簾，常到房內叫我出來到院裡坐坐，但我拒不出門。母親急得帶我去看中醫，中醫大夫說我精神受了驚嚇刺激，建議我換換生活環境，出去玩玩散散心，雖然我吃了很長時間苦苦的中草藥湯，但我的病還是後來出去串聯後痊癒的。這一段不光彩的「革命史」我首次公之於眾，因為我一直覺得自己太沒出息、太丟人了！

弟弟雖然年齡比我小，膽子卻比我大得多。一到晚上，黑洞洞的院子裡，秋風瑟瑟，樹影搖曳，我就怕得不行，上廁所都得母親陪著。偏偏弟弟沒心沒肺，自己上完廁所告訴母親：「媽，剛才我聽到房東老太太嘆氣了！」這下一向膽大的母親也怕得不行，很快我們就搬家了，搬離了這個讓我至今寫起來悲憤恐懼不已的十三號凶宅！

不知道母親是通過什麼渠道獲得換房資訊的，我只記得那年代北京有換房大會，但是一九六六、一九六七年正是天下大亂的時候，換房大會是否興起了我記不太清，反正很快我們又搬家了。和我家換房的人家與我家互相隱瞞了換房的目的，其實雙方都是為了躲開原來的生存環境，我家是為了躲開光天化日之下活活打死婆媳兩人的凶宅，對方是因為房東被趕走掃地出門，房東的大北房被街道革委會佔用了，每天不是開批鬥會就是唱紅歌，沒有消停的時候。如果說才離「虎口」又進「狼窩」有點誇大其詞，但是當時我們全家卻真是有過這種心情。

新家在朝陽門老君堂胡同，後來改名成北竹竿胡同，一共兩進院落，進了大門，西邊一間小房，估計以前是門房，但是貼著封條沒有人住。東邊一個小跨院，高臺階三間大北房，還有一個單間北房。我家就搬進了這三間大北房，另一個單間是一對年輕夫婦的，但是因為他們的父母也住在這條胡同裡，所以很少過來，等於我家單獨住在一個院中院裡。

第二進院子比較大，北房共四間，大而寬敞，開了一個非常大的鑲著大玻璃的後窗，和我家換房逃離此處的那家人，就是因為這個碩大無比的後窗：一是革委會佔用此處後不掛窗簾，在裡面開批鬥會的情景「現場直播」，在小跨院兒裡可以一覽無餘，很嘈雜恐怖。二是住在小跨院裡的人家兒的生活和活動也是充分「曝光」的，在革委會開會的那些人趴窗就可以看「電影」。好在我的父親在外地工作，母親白天上班，經常在家的只我和弟弟兩個人，用母親的話說，「日子總要往前過的，慢慢想辦法吧。」

我家的新鄰居都住在第二進院子裡，這個院住的鄰居如果按當時的成分劃分，應該屬於無產階級。南房的白大爺是老北京，一位退休的餐廳廚師，白大媽是家庭婦女，有三個孩子，老大參軍了，老二後來上山下鄉了，老三在一個街道集體所有制的工廠上班。南房的另外一家人姓魏，魏叔叔是工人，很樸實，不大說話，外地人口音，魏嬸兒是街道居委會的負責人，很左，我們院裡她說了算，她有四個孩子，除最小的一個外，都在上學。西屋老少三代，唐山人，一個老奶奶，一對夫婦，男的是清華池的浴工，女的是一個街道小廠的工人，還有兩個上學的孩子。東房是空的，貼著封條，估計也是抄家被攆走了。雖說院子裡有好幾個上學的孩子，其實當時都已經沒學可上，自己亂玩兒亂跑而已。因為進了大門往左一拐就是我家小院，我們和後院鄰居幾乎不來往，除非打公用電話才需要進後院，但是北京人講禮貌講外場，鄰里之間都是很客氣很熱絡的，我每次進裡院打電話，都二姑娘、二姑娘的叫著，叫得我心裡熱呼呼的。

我很喜歡我家的小跨院，房子雖然不如十條胡同的考究，很老舊很有些破敗的味道，倒是別有一番風韻，看著那些剝落了牆皮的斑駁的院牆被爬山虎遮蓋著，不由自主會想起許多黑白片老電影鏡頭。我家住的三間高臺階的北房，兩明一暗，有差不多三十五、六平米，很明亮寬敞。平房的玻璃窗戶很大，對面革委會不掛窗簾，我家掛不就得了，連新的都不用買，我把在十條胡同房子的窗簾往這裡一掛，對面革委會沒有會議沒有活動沒有人時，我家再「打開窗簾說亮話」，反正已經搬進來了，就既來之則安之吧！

最開心的是小跨院差不多有百十來平米之多，只我們一家人，院子裡有一棵高大的柳樹，靠院牆有一個廚房供我家使用，只可惜自來水在一進大門的門洞裡，廚房只好放一隻大水缸，否則真是太方便了。雖然大環境不好，但是突然間我們家住上了「獨門獨院」，還是院中院，所以即使有一個碩大無比的窗戶對著我們，但只要他們不開會搞活動，我們還是有安寧和安靜可以享受的。

不管外面形勢多麼嚴峻混亂，我家把小院院門一鎖，頗有躲進小院成一統，管他春夏與秋冬的意味。

但是很快我們就領教了這裡的「厲害」，平時的亂哄哄吵吵鬧鬧我們早有思想準備，天天輪番的批鬥會真是讓人腦袋都大了，好在那段時間，弟弟已經先我一年上山下鄉走了，到北大荒去了。我們學校各派紅衛兵都爭先恐後組織活動，我們幾個比較要好又無任何組織派別的同學會結伴兒報名參加各種活動，比如到東安市場學商賣文具，到門頭溝煤礦城子礦學工挖煤，到秦皇島駐軍部隊學軍參加軍訓，都可以躲開一陣子，日子過得還算平靜……

有一天晚上，我睡得正香，母親突然把我拉起來，我迷迷糊糊穿上衣服被母親拖出大門，母親緊張地說：「你沒聽見後院開會說什麼吧？」我莫名其妙：「沒有啊？這不是剛被您叫醒嗎？」母親大大地鬆了一口氣：「後院說是批鬥女流氓，我看都是流氓，什麼難聽的話都問，什麼難聽的話都說，太下流了！我怕你聽見，嚇死我了……」我哭笑不得：「人家睡得好好的，被您叫醒了，現在更麻煩了，深更半夜，咱們去哪兒啊？」母親說：「遛大街、看月亮，就是不能回家。」那一個晚上，母親挽著我的胳膊，我們娘兒倆在胡同裡遛來遛去，從胡同的東口遛到西口，再從西口遛到東口，秋天的夜晚，胡同裡很冷清，我們一會兒看著天上淒清的月牙兒，一會兒踩著自己的影子，就這樣走啊走啊，直到遠遠地看到那些烏合之眾從我家院子裡魚貫而出，我們娘兒倆才敢回家……這件事讓我記了一輩子，在鄉下時，每每想念母親，腦海中都會出現這個鏡頭，那麼無奈又那麼溫暖，那麼荒謬又那麼真實……唉，我可憐的母親啊，您保護得了女兒一時，難道能保護女兒一世？真是可憐天下父母心啊！

另一件荒謬的事是有一年的十一國慶日之前，我們兄弟姐妹都探親回北京看望父母，因為這裡是我們的家，我們父母所在地，我們就沒去報臨時戶口。結果不知被誰告密了，夜半時分，街道「小腳偵緝隊」來查戶口了，砰砰砰地敲門，手電筒亂晃，我嚇得要命，怕因此被趕出北京，母親鎮定地擋在門口，硬是不准她們進門，母親說，只有派出所民警才有權查戶口，你們沒有權利進我家門。小腳偵緝隊自覺沒理，灰溜溜地走了。雖然我們極想不通，我們本就是北京公民，怎麼回家看父母還要報戶口？但是為了少給母親添麻煩，第二天我們都乖乖地補報了臨時戶口。

文革時期，毛澤東總有最新指示發表，每發表一條新的毛主席語錄，在京的中央單位各大企業各大中院校幹部學生群眾都會「自發」上街遊行，敲鑼打鼓慶祝。記得有一次遊行是在晚上新聞聯播之後，想想遊行回來會半夜三更了，一個人走這樣深的胡同我有些害怕，就告訴母親我晚上就住同學小渝家，不要給我等門了。但是晚上已經到同學家了，我卻睡不著，放心不下母親一個人在家，堅持要回家。同學無奈只好放我走，我一個人騎車在黑洞洞的大街上疾馳，心裡惦記母親，倒也沒覺害怕，那一晚我和母親都很開心睡得都很香甜……具有諷刺意味的是，很快我就上山下鄉了，丟下母親一個人守著空落落的院子和空落落的家，憑我怎麼不放心，也無力回天，若干年來，每每想到母親曾經一個人孤零零生活那麼多年，我都心疼得不能自已。

老君堂這個四合院的院中院，給我留下的印象最深，故事最多，從一九六八年開始，我們兄弟姐妹四人分別從這裡走出去，離開父母離開北京，哥哥姐姐大學畢業分配到外地工作，我和弟弟到北大荒上山下鄉，父親依然在外地工作，只母親一人孤零零堅守在這個空落落的老宅子裡，直到我們在外飄泊十年才陸續回到母親身邊，這裡記錄著我家的悲歡離合，喜怒哀樂，承載著全家人的骨肉親情和不曾磨滅的夢想與希望，無論我們兄弟姐妹在邊疆在外地多苦多累多孤單，一想到堅守在老君堂四合院的母親正在翹首以盼，我們就感到溫暖和希望！

過去未來共斟酌

春天樹兒綠了　枝頭花兒開了
燕兒南方歸來　夏天就要到了
秋天樹葉落了　樹上棗兒熟了

天上雪花飄飄　冬天已經來了

拿起筆來，這支兒時的歌曲就這麼自然地流向筆端，躍然紙上，而鐫刻於心、融化於血的四合院的記憶馬上鮮活起來：桃花紅了，梨花白了，柳樹綻放出嫩嫩的綠，布穀鳥咕咕咕咕叫著，春天來啦！

夏天的四合院充滿生機，男孩子們穿著短褲，光著脊樑，滿院子潑水打鬧，院子裡濕漉漉的，鄰家大媽拿出來冰鎮西瓜，切了分給孩子們吃，老槐樹下的爺爺奶奶搖著大蒲扇，慈祥地看著這一切……

幾陣風兒吹過，金色的秋天來了，瓜果梨桃上市了，院子裡的棗樹被枝頭的棗兒壓彎了腰，男孩子爬上樹，爬上房，用竹竿打棗兒，女孩子們提著籃子在樹下撿棗，脆脆的甜甜的棗兒，落到地上就碎了，女孩兒們一邊撿一邊往嘴裡塞著吃，還要不時忍受男孩子們的惡作劇，被搖下來的大棗兒砸得生疼。

最美還是冬天的雪，飄飄灑灑的大雪鋪天蓋地，瞬間北京城就變成銀色的童話世界，孩子們從各家各戶跑出來，男孩子們一團一夥兒的打雪仗，女孩子們在各家門前堆雪人，黑煤球做眼睛，紅辣椒做嘴巴，再戴上用五顏六色彩紙做的小帽子，各具特色，栩栩如生！天黑了，家長們出來大聲招呼自家的孩子回家吃晚飯，一聲聲拖著長聲兒的京腔京味兒：「二妞兒！」「鐵蛋兒！」「柱子！」「回——家——吃——飯——啦！」迴盪在胡同裡，充滿了濃濃的親情。

最令人懷念的還是四合院的春節，老北京人熱愛生活，講究舊理兒，一年一度的春節，是最能體現生活的味道的，從臘月二十三開始，就過起了小年，你就瞧吧，鄰居們祭灶的祭灶，掃房子的掃房子，貼春聯的，買年貨的，忙著給孩子們添置新衣的，那份紅火那份熱鬧，即使在物資供應非常匱乏副食品憑票供應的六〇年代初，過年的熱情也沒有絲毫減退。

忘不了五〇年代末，剛剛從天津回到北京的那個春節，父母親帶我們去逛南城的廠甸兒廟會，給我和姐姐買了足有一米高的大糖葫蘆，那是我平生第一次逛廟會，第一次見到那麼高的糖葫蘆，給哥哥買了單軸的空竹，給弟弟買了雙軸的空竹，因為雙軸的空竹好掌握平衡，單軸的空竹抖起來難度要大得多。那個春節哥哥弟弟在院子裡抖空竹發出的像哨子一樣悅耳的聲音，彷彿此刻就迴響在耳邊；忘不了六〇年代初的那個春節，姐姐帶著我，拿著副食本，各種購物的小票，買來平時根本吃不到的花生瓜子糖果，買來豬肉帶魚等等，興高采烈地籌備過年，母親用模子做出形態各異的點心，蒸了一鍋又一鍋饅頭豆包，

我則拿著紅彩筆負責在每個饅頭上點上紅點兒，蒸好的饅頭都放在一個麵袋裡，預備著慢慢吃，每次肚子餓了，拿出一個豆包放在屋子裡取暖的花盆爐子上一烤，那個香那份兒甜，現在就是馬克沁西餐廳烤出來的麵包也比不上母親親手做的豆包好吃！七〇年代的春節，回憶中總有一點苦澀心酸的味道，因為文革後期（六〇年代末）我們全家除母親外，都被發配到外地，每年春節，我們都會拼上小命兒往家裡趕，尤其是我。記得有一年快到春節了，母親來信催我回家，可是我沒有假啊，我拿著母親的信去找我們宣傳股周濟副股長，信交給他未及說話，我的眼淚就劈哩啪啦不聽話地流下來，周濟副股長是非現役軍人，老農墾的四大筆桿子之一，安徽人，很有同情心，母親的信和我的眼淚打動了他，居然就批我假了，欣喜萬分的我，就這麼拿著母親的信又哭又笑地深一腳淺一腳地踏著北大荒的積雪，跑了很遠的路到郵局，直接發電報給母親：喜訊，女兒回家過年！

八〇年代的春節在記憶中是最溫暖最舒心的，因為經歷了那麼多坎坷和苦難，我們兄弟姐妹都回到了北京父母親身邊，且都結婚成家有了孩子，雖然那時我先生還沒回到北京，我又回到老君堂母親身邊，開始了新一輪的打拼，但是改革開放的春風吹醒了心中的夢想和希望，這種闔家大團圓的快樂和幸福，集中體現在春節這個傳統節日中：大年三十的年夜飯事先姐姐都列好清單，大家各自帶來自己最拿手的菜的半成品到老君堂四合院父母親的家繼續加工，廚房擠不開，就在院子裡再升個爐子，煎炒烹炸，滿院飄香。

我家的第三代四個男孩兒一個女孩兒（哥哥家多要了一個孩子，才終於有一個女孩兒），五個孩子在院子裡折騰，好不熱鬧，年夜飯一個八仙桌擠不下，還要給孩子們單開一桌，父親是一介書生，不勝酒力，但我們兄弟姐妹在外摸爬滾打那麼多年都好酒量，大家紛紛給父親母親敬酒，相互拼酒。酒過三巡，孩子們抵不住外面鞭炮、爆竹聲的誘惑，大的領著小的，點上紅燈籠，在院子裡燃起「嘀嘀筋兒」（一種能發出火花的很安全的煙火），窗內熱氣騰騰，窗外焰火閃閃，真是好一派幸福祥和的氛圍。年夜飯後，父親和我們姐倆帶孩子們玩兒「擊鼓傳花」遊戲，男士們在裡間屋擺上麻將桌陪母親打麻將……

快到午夜十二點鐘了，全家最開心的時刻到了，兄弟姐妹四個小家庭的男士們拿上事先準備好的「二踢腳」，用竹竿挑上「大鞭」，手提「小鞭」，到院門外胡同裡去放爆竹，辭舊迎新！鄰居們見到了開始相互拜年，你就聽吧，震耳欲聾的劈劈啪啪、乒乒乓乓的爆竹聲中，夾雜著大嗓門的京腔京味兒：「過年好，給您拜年啦！」「恭喜發財！」「吉祥如意！」好不熱鬧！胡同裡家家戶戶門前都是放爆竹的人，整個一條胡同都被煙花爆竹的聲音和半空中的飛花淹沒了，整個天空都被五顏六色璀璨的焰火點燃了……那一刻，是我四合院記憶中最動心最留戀的時刻，那濃濃的鄉情、親情、鄰里之情讓我本就柔軟脆弱的心，滾過一陣又一陣的熱浪而不能自已，而王安石的那首膾炙人口的詩詞，此刻在我的腦海中有了動態的畫面感和新的意義：

爆竹聲中一歲除

春風送暖入屠蘇
千門萬戶曈曈日
總把新桃換舊符

不算多餘的話

我的四合院系列就此該擱筆了，懷著萬般不舍的心情我問自己：「作為在老北京胡同裡四合院長大的孩子，你可說得清北京的四合院是什麼時候消失的？」是啊，我能說得清嗎？

四合院的消失，其實也是有個過程的：文化大革命的浩劫是北京四合院罹難最為嚴重的時期。紅衛兵的「破四舊」，將四合院中精美的磚雕、木雕、石刻、彩繪盡行掃蕩，無數價值極高的藝術品，或被砸成碎塊，或被抹上泥灰，能得以倖存的寥寥無幾。緊接著發生的全民總動員的深挖洞、廣積糧備戰運動，因為深挖洞而進一步破壞了四合院原有的格局和排水系統，造成了非常嚴重的後果。一九七六年的唐山大地震波及北京，使四合院雪上加霜，為避震災，在本來已經很擁擠的院子裡塞滿了「抗震棚」，隨著人口增長，這些抗震棚後來都成了永久性建築，把四合院搞得破爛不堪面目全非。我家因為自己住在「院中院」裡，還好沒有受到影響。而最終使四合院基本消失的是改革開放前的舊城改造以及一九九八年國家房地產政策的改革，使本已失去本來面目的北京內城，在房地產商「金錢推土機」的步步緊逼下，到處是一個大大的「拆」字，別說四合院，連整條胡同都一步步淪陷了……

但是我也問自己，時代在前進，試想以現在北京市兩千多萬人口和六〇年代初北京市僅二至三百萬人口相比，原來四合院的格局還能夠滿足現在的住房需求嗎？原來住在四合院落後的生存條件，如沒有洗澡設施，沒有單獨的洗手間，沒有統一的供暖設備，這一切還能夠滿足老百姓對現代化的生活的要求嗎？

我想每個人心中都有自己的答案，而我應該用電視劇《渴望》中的歌詞（也是我四合院系列的每一章的小標題）來結束我講述的四合院故事了：

悠悠歲月，欲說當年好困惑
亦真亦幻難取捨
悲歡離合都曾經有過
這樣執著究竟為什麼
漫漫人生路，上下求索
心中渴望真誠的生活
誰能告訴我是對還是錯
問詢南來北往的客
恩怨忘卻，留下真情從頭說
相伴人間萬家燈火
故事不多
宛如平常一首歌
過去未來共斟酌

北京

旮旯覓趣

開篇

我的老北京四合院故事系列結束後，心裡似覺意猶未盡，總聞見消失掉的古老氣味，看見被召回的聲音和光線，夢見古舊破敗的四合院、胡同和寺廟，那些灰色的瓦頂縫隙間荒草淒淒，風箏在天上飄搖，鴿哨聲掠過藍天，好美好美的情境啊……這還罷了，唯獨那些發生在我生活中的細碎瑣事兒，雖屬「雞零狗碎」，登不得檯面兒，但卻是當初我住四合院時，和日常生活息息相關的事兒，是我們這一代人小時候都親身經歷過的事兒，這些看似平凡又有意思的回憶縈繞在我心頭，盤旋於我腦海，揮之不去，不吐不快，遂決定，索性接著寫，把心裡想的，肚裡念的，一古腦兒都寫出來，以了我心願，就讓四合院裡的一地雞毛跟著我的思緒飛起來，飛起來，飛進你的年代，飛進他（她）的曾經，飛進我們一代人共同的過去……

開篇之際，先發一組我非常喜歡的一位蘇格蘭女畫家伊莉莎白．基斯筆下的民國時期老北京街景。在這個外國女畫家的眼裡，遠離塵囂的平民百姓一天

亨鐘表行

天外天酒菜館

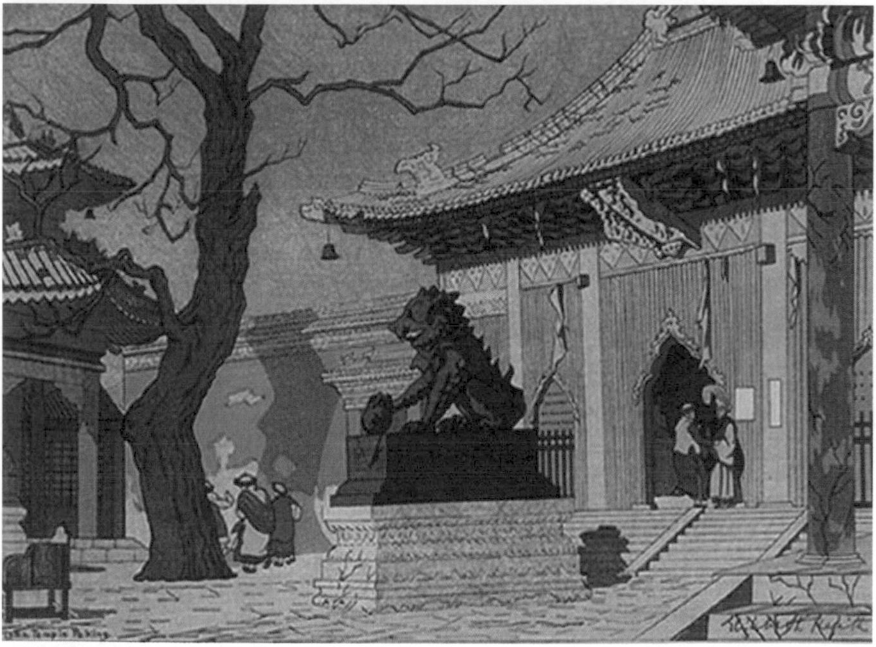

一天過著自己平靜的生活。「清晨，城門開，駱駝隊馱著大包進城，太陽還未徹底籠罩這座城市，街巷已經響起叫賣聲，人群熙熙攘攘，直至傍晚燕雀歸巢，皇城沉入古老的靜謐。一年四季，宮牆的紅，松柏的綠，銀杏的金，瑞雪的白，巋然的石獅與戲耍的孩童……威嚴，散淡，熙攘，沉靜，這就是老北京的性情。」感謝伊莉莎白．基斯用她的色彩和寫實手法，把北京的氣質定格在一塊塊木板上，把那個年代如詩如畫的北京城呈現在我們面前。

雖然這組老北京畫作離我要寫的小文太過遙遠，但是我還是決定把它發上來和朋友們共賞，就算作是為我新的系列《旮旯覓趣》作一個美麗的鋪墊吧！

洗澡

洗澡，這個現在看起來再平常不過再方便不過的日常生活瑣事：洗手間裝上浴缸，淋浴噴頭，電熱水器二十四小時供暖，每天晚上睡前洗個熱水澡，清清爽爽乾乾淨淨地睡個好覺，這些現在並不覺奢侈享受的事，過去住平房四合院可是想都甭想，除非你住的是獨門獨院，可以自家設個洗澡間，所以自打五〇年代末我們全家遷回北京，洗澡就從生活小事升級成為大事了。

記憶中冬天在家洗澡，先要在花盆爐子上用大銅盆燒水，燒了一盆又一盆，屋子裡熱氣蒸騰，窗玻璃被水蒸氣蒙上一層霧，並且慢慢開始「淌眼淚」，熱水倒進大洗衣盆裡，要邊洗邊試溫度，直到可以坐進盆裡洗浴時，其實已經開始感覺身上冷了，只好大

呼小叫讓母親不斷再給加熱水，待到洗完澡，澡盆裡水不多，地上卻小河流水濕乎乎的一大片了……

夏天雖然天氣很熱，洗澡也不能用冷水啊，所以我自己發明一個辦法，就是上學前放一大盆水在院子裡太陽底下曬，下學後水會暖暖的，沖個天然的溫水澡很舒服，一天可以曬兩次，上午一盆下午一盆，當我正在為自己的發明創造得意洋洋時，誰料半路殺出個程咬金，弟弟看著眼饞，每天都要和我搶水，當然是誰放學早，誰就優先，所以一下學，我們倆就拼命往家跑，我們小學一個學校，都在東公街小學讀書，我小學三年級，他才二年級。

那時候北京的澡堂子很多，住安定門和地安門時，可以到交道口洗澡堂洗澡，住東四十條時，隆福寺就有洗澡堂，住朝陽門老君堂時，就更方便了，朝陽門大街就有一個不大的洗澡堂，淋浴和盆浴都有。所以我在家洗澡的記憶並不多，因為我和弟弟洗澡的任務很快被分配給姐姐和哥哥了，他們倆必須在規定時間帶弟弟妹妹到洗澡堂洗澡，只是被警告不許洗盆浴，一是價錢貴，二是不乾淨。可惜我忘記洗一次淋浴多少錢了，只記得非常便宜，只幾毛錢吧！

交道口洗澡堂是我們去得最多的地方，很大很簡陋，進得門去是由許多小櫃子組合成的一面牆，每個人的衣服放進一個小櫃，鎖上櫃子門要把鑰匙套在手腕上，淋浴間長長的，面對面兩排，沒有門，每個相鄰的兩個噴頭之間有隔斷。我小學四五年級就已經自己獨立去洗澡了，姐姐學習忙，沒功夫管我了。

但是沒多久，夏天洗澡問題也解決了，因為什剎海游泳池離我家特別近，我和弟弟每天下學都去游泳，那時游泳池人並不多，都是學生，游泳的人都必須持有健康證。游泳前後都可以洗淋浴，非常爽，母親給我買了一個大浴巾，又可以擦身體天涼時還可以披一披，一物兩用。結果沒幾天我就給丟了，週末母親洗衣服要幫我洗一洗，問我「浴巾呢？」我害怕挨罵，就說不知道放哪裡了，還裝模作樣幫助找啊找，結果弟弟從外面瘋回來，進門就揭發我：「她早把浴巾丟了，都丟好幾天了！」還衝我嚷：「你裝什麼裝啊！」母親氣得要命，剛要罵我，一看我滿臉通紅恨不能鑽進地縫的尷尬樣兒，又繃不住噗嗤一聲笑了：

「哎，叫我說你什麼好，丟了還說謊，你裝的還挺像！」

有一次我和弟弟到什剎海游泳池游泳，弟弟那時三年級，瘦瘦的，腿特別長，我們站在游泳池邊，忽然過來一位叔叔，問弟弟幾歲了，又讓他游了一圈兒泳，然後問他，願意不願意參加什剎海體校少年體操隊？估計弟弟連體操隊是幹什麼的都還鬧不明白，就點點頭說：「我願意！」我們兩個傻二個連母親都沒告訴，他就進了少年體操隊，但是過了沒多久，弟弟忽然不去了，我問他為什麼？他說沒意思，不喜歡練體操，其實他是吃不了苦，當了逃兵，我本想給他告狀，報「一箭之仇」，可惜那時候的孩子課餘學什麼不學什麼，家長才沒工夫管，好好讀書就足夠了！

我的故事就更離奇了，有一次我到交道口洗澡堂去洗澡，對面的一個阿姨總是盯著我看，還對我笑，看得我心裡直發毛，索性躲開她，到別的淋浴器下面去繼續洗，待到我洗完澡出來，壞了，那阿姨居然在前廳等著我。她笑眯眯地走過來，問我幾歲，在哪裡讀書，喜歡什麼運動之類，最後告訴我，她是什剎海體校女子籃球隊教練，覺得我腿長身體條件好，想請我參加她的球隊，問我願意不願意，我那時才十一歲，也並不喜歡體育，但我和弟弟一樣，想都不想，就「我願意」（不知道我倆怎麼回事兒，都缺心眼兒吧），總之我在訓練隊沒待多久，就因為吃不了苦而自動「退役」了。更有意思的是，初一時什剎海體校的排球林教練到我就讀的女十二中挑少年排球隊員又選中了我。而我這個傻瓜想都不想居然就又去了。在教練的休息室林教練興奮地拿皮尺給我量身體比例，說他找到了好苗子。不料當初挑我到籃球隊的楊教練一看是我，非常生氣，說：「這孩子可不行，太怕苦，你會後悔的！」可林教練不信：「那是你沒能耐，這回看我的！」因為打了賭，林教練對我特別用心，可我讓他顏面掃地。一是我沒有體育細胞，彈跳啊反應啊都不行，二是學倒地滾翻接球時我怕摔疼了站著不動。暑假短訓結束，留下幾個好苗子，我被林教練客客氣氣送出了體校的大門。

停電

五〇年代末，六〇年代初，大約是能源不足，電力不夠，北京常常晚上突然停電，為不至於措手不及，母親經常要在家裡備些蠟燭，並且固定放在大家都知道的抽屜裡，以備急用。

記得我家在天津時，偶爾也會停電，姥姥家有一個特別考究的煤油燈，好像是銅的，底盤還刻著字，擦得鋥光瓦亮，那個浸在燈中心的棉花撚兒，可以由燈旁邊的一個小小的鈕兒調大調小，屋子裡的光線也因此而可明可暗。平時不用，那燈簡直就是一件精美的裝飾物。每當我想起那盞煤油燈，眼前總會浮現出姥姥抱著二姨的兒子，姥姥最疼的小外孫，一邊晃一邊唱：「小小子兒，坐門墩兒，哭著嚷著要媳婦兒，要媳婦幹嘛呀？點燈做飯兒，吹燈作伴兒！」那鏡頭好溫馨感人……

現在情侶之間約會，或者孩子們過生日，故意關了燈，點上蠟燭，製造浪漫氣氛，小時候不是「故意製造」，想起來卻感到那個氛圍別提多神祕別提多好玩兒了。

停電啦！院子裡突然漆黑一片，房間裡不管在幹什麼，馬上都得停下來，男孩子會衝出房門，在院子裡哇哇怪叫，製造恐怖氣氛，女孩子自然寸步不敢動，嚇得要死。母親趕緊拿出蠟燭，點上，滴幾滴在盤子裡，然後把蠟燭粘在盤子裡立起來，端到八仙桌上。這時候你再看吧，蠟燭的火苗飄飄忽忽，黑漆漆的房間裡，有這麼一小束幽幽的亮光，牆上時不時會有我們魔鬼一般高大的影子，忽上忽下，好可怕。

停電在我記憶中是非常快樂的事兒，可以不再做作業，不再做任何事情。每逢這時，我們都會湊在一起，橫躺豎臥，或講故事或猜謎語，嘰嘰喳喳，嘻嘻哈哈，開心極了。記得有一次母親忽然來了興致主動為我們講故事，母親說：「從前有一男子，半夜回家，看到昏黃的路燈下窄窄的胡同裡走著一婀娜婷婷的女子，女子梳著一條粗粗的長長的大辮子，辮子隨著女子走動的韻律來回擺動，極美，男子忍不住好奇心，一直尾隨其後，想一睹芳容，但苦於總是追不上，情急之下，伸手去抓那辮子，美女驀然回頭！……原來前臉也是一辮子！」聽到這兒，我們一起嚇得尖叫起來，我和姐姐嚇得抱成一團兒，看到我們失魂落魄的樣子母親開心極了，可是母親為此也付出了代價，就是我本來就膽小如鼠，聽了這個鬼故事，魂兒都嚇掉了，寸步不離母親，本來上廁所時姐姐陪就可以了，現在必須母親親自領著去，因為姐姐也怕了……

還有一次停電是大家一起猜謎語，猜謎語自然由哥哥姐姐負責說謎面兒，

我和弟弟自己還五迷三道，哪裡會「破悶兒」（小時候我們就這樣說，不知道這是天津話還是北京話）。姐姐說的謎面是：「遠看一座墳，近看冒白雲，五人騎二馬，緊趕張一門。」條件是哥哥不許參與，因為他知道謎底。姐姐又比劃又提示，我和弟弟還是猜不出，母親綳不住搭茬兒了：「兩個笨蛋，是吃飯啊！」哥哥的謎面是：「遠看一座廟，近來看不到，裡面坐一呲牙鬼，手裡拿著洋錢票。」這回姐姐知道謎底，哥哥又不讓姐姐猜了。原來他倆的謎語，都是家裡一本民國時期發黃的謎語小冊子裡面的，還配著圖，我印象裡見過，只是還不識字，所以不知道。這回母親制止了：「當哥哥姐姐的，能不能給弟弟妹妹猜點新的謎語，那些老掉牙不健康的東西別再亂說了。」但是我和弟弟偏要哥哥說出謎底，待到他說出謎底，全家人都樂翻天，弟弟樂得直打滾兒，原來謎底是：一人坐在馬桶上拉屎。

印象最深的一次是：父親在家，突然停電了，剛好家裡沒有蠟燭了，母親就用棉花撚了一個撚兒，浸在一個放豆油的小碗兒裡，點燃。有意思的是，因為突然停電，到處黑洞洞，母親做這一切，都必須靠父親一支接一支劃火柴照亮兒，我高興地說：「賣火柴的小女孩兒就是這樣子照亮兒，看見她外婆的！」姐姐訓斥我：「哪兒跟哪兒呀，別胡說！」有了光亮，儘管微弱，我們高興地迅速圍攏在八仙桌旁，坐在父親周圍，父親是不允許我們在他面前橫躺豎臥的，總說他小時候在爺爺面前，連坐都不許坐，跟爺爺說話必須垂著雙手站立。

父親講的故事寓語文知識和趣味為一體，令我受益終身。父親說，一篇文章會因為標點符號的不同點法兒而意思完全相反，還讓哥哥姐姐和他一起試著點標點符號。第一個故事是，一個厚臉皮的窮書生，總到朋友家蹭吃蹭喝，即使看人臉色也不在乎。一天他在朋友家剛好遇到下雨，不由大喜過望，有了留下吃飯的理由，不料朋友大筆一揮，在紙上寫上：「下雨天留客，天留我不留。」厚臉皮不慌不忙接過筆，添上了標點符號「下雨天，留客天，留我不？留！」朋友愕然。

第二個故事更逗，一個秀才到財主家作客，財主想賣弄自己有文化，就在秀才面前寫了一首自己做的「詩」：「今年好／黴氣少／不得打官司／養豬長成象／耗子死個淨。」秀才看了，氣不打一處來，心裡說，這算什麼詩，連順口溜都不配。於是說：「詩雖好，沒有標點符號講不通，我來給你添上吧！」秀才邊笑邊添上了標點符號，讓財主來念，財主非常高興，搖頭晃腦，大聲朗讀：「今年好黴氣，少不得打官司，養豬長成像耗子，死個淨！」待到明白是秀才戲弄他，想著人打秀才時，秀才早一溜煙兒跑了……

小時候可真傻，停電高興，來電了也高興，當突然間燈亮了，我們兄弟姐妹一樣會狂呼亂叫，又蹦又跳，我想這大概就是童心吧，永遠那麼簡單那麼容易知足那麼開心。寫到這兒，我儒雅的父親漂亮的母親的音容笑貌浮現在眼前，我真想告訴父母，可知道您們給了我們多麼完美的教育，多麼美好的童年，儘管一家人團聚的日子那麼少那麼少，可有這麼多溫馨溫暖的回憶陪伴著我，令我一生受用不盡！

小人書鋪

看小人書也是我小時候的樂趣之一，在天津生活時我就酷愛去小人書鋪看書，雖然我還太小，「斗大的字不識半口袋」，但那完全擋不住我的熱情。記得在萬全道口有一個小人書鋪，書鋪很小，牆上貼滿了小人書封面，我們就看這些封面，挑自己喜歡的書，再把書名告訴老闆，老闆按要求租給我們。在店裡看一分錢一本，借回家看二分錢一本。那些小人書給我的童年帶來了多少快樂和遐想啊，也讓我學到了許多東西，以至於左右了我一生的興趣愛好。

我記得小人書主要分為電影版的和繪畫版的兩種，內容包羅萬象，《三國》《水滸》自不必說，聊齋故事什麼《辛十四娘》

《聶小倩》《畫皮》呀，等等等等，應有盡有。許多戲曲故事如《牡丹亭》《西廂記》《竇娥冤》《四進士》《陳三兩爬堂》《搜孤救孤》等等，從小我就知道並有濃厚興趣。反特故事如《衣角》《一貫害人道》等等該不該看的我都看，因為選擇權不在我而在哥哥姐姐手裡，我只是蹭看，當然他們也講給我聽。那時候租書從沒有押金證件什麼的，但到時我們都乖乖送回去，從不丟失損毀。

這種愛好延續到北京，在分司廳住的時候，位於交道口就有一個小人兒書鋪，小人書的內容豐富了不少，我記得多了許多前蘇聯的小說改編的小人書，如《我的童年》《在人間》《我的大學》《鋼鐵是怎樣煉成的》，還有《一朵小紅花》《丘克和蓋克》等等。

老闆是一個看起來約五十多歲的老頭兒，個頭兒中等，微胖，光頭，似乎腿腳有些毛病，但面目和善很有文化教養的樣子，幹活時總戴一副老花眼鏡。書鋪是臨街的，面積不大大約十多平米的樣子，但空間較高，並不顯憋悶。穿過書鋪後面有個小院，院子裡有個克郎棋檯子。書鋪沒有招牌，一扇小門，門旁的玻璃窗上掛滿了小人書封皮組成的招貼，屋裡四面牆上也全是這樣的招貼，進門位置是老頭兒的工作檯，進去後告訴他你想看的書名，他很快就會像變魔術般從他身邊某個角落裡拿出你所要的書，如果是發行較早的書，他也會走下工作檯，從高處某個角落裡找出。我猜他一定幹了一輩子這活計了吧？要不然怎麼會那麼多的小人書，他不僅對每本書瞭若指掌，且對書存放的具體位置門兒清，真是令我佩服不已！

屋裡沿牆下方是一排矮凳，除了他的工作檯，在地中央也放置了許多小板凳和小馬紮兒，小屋空間不大，由於所有的玻璃窗都被小人書皮招貼蓋住，所以裡面很昏暗，尤其是陰雨天或者臨近黃昏，光線就更暗了，屋裡大白天也要開著燈，那燈我記憶深刻，是一盞沒有燈罩，髒兮兮的，發出昏黃光亮的電燈泡。

來看書的大都是十歲左右的孩子，男孩兒居多，女孩子很少，通常都是我和弟弟結伴而去。花一分錢就可以看一本，房間裡非常安靜，就連那些平日裡淘氣得很的男孩子也靜靜地專心致志地讀書，只有偶爾男孩子吸溜兒大鼻涕的聲音，或者一兩聲咳嗽聲。

租書的同時，店主也從不閑著。他把新買來的小人書的封面畫，一本本取下來粘貼在牛皮紙上面做成招貼，當然他會把最新的掛到臨街的玻璃窗上。然後他會再把去了封面的小人書用牛皮紙重新做一個封皮，再用他那一手漂亮的毛筆小楷字寫上書名，同時作個編號，這大概就是他找書那麼快的訣竅吧。總之一切做得熟練而井井有條。

老闆除了出租小人兒書還租克郎棋，克郎棋就在後面的小院裡，可以在這兒打，也可以租回家。那個年代除了看小人書，打克郎棋可能是男孩子們的最愛。克郎棋一般只有兒童活動站才有，許多孩子圍著，半天也打不上一兩桿。在老闆這兒交幾塊錢押金就可以把克郎棋抬回家玩個痛快，可在那個年代這也算是比較奢侈的了。

男孩子多的地方，自然少不了打架鬥毆的事，即使愛讀書的男孩兒，也不例外。有一次，我旁邊坐著的一個男孩，翻書總是往手指上舔吐沫，非常噁心，我忍不住說了一句那樣太不衛生，他側過頭用白眼兒翻了翻我：「你是哪廟的和尚，哪盆兒裡栽的蒜，管得著嗎？」見我不敢說話，索性往手指上啐一口吐沫翻一頁書，翻一頁乜斜我一眼，我又氣又噁心，站起來想走，旁邊一個大一點的男孩站起來攔住我，問那小子：「你想幹嘛，她說的不對嗎，你那樣看完的書，別人還看不看了？」這小子也凶巴巴地站了起來，把書一摔，用袖口抹了抹鼻涕：「怎麼著，老子就這麼看書，關你什麼屁事？！」大男孩把我往後一擋：「這不是你們家的書，你這樣看書就不行！」這時候滿屋子看書的孩子們都興奮得站了起來看熱鬧，那小子有點心虛，嘴還是很硬：「老子就這樣看，你敢把我怎麼樣？！」「怎麼樣？教訓教訓你，教教你怎麼讀書！」大男孩兒說著，一伸手抓住那小子領子就往外拖，看熱鬧的孩子們大聲起哄：「揍他！揍他一頓！省得他老欺負人！」幸虧老闆聽到了，從後院趕來：「不准在我這兒打架，都給我坐下乖乖看書，否則以後就別想讓我借書給你們！」然後和顏悅色帶走了一對脖子都憋紅了的好鬥的小公雞，我則趁機溜之大吉，之後有好長時間，我再沒敢去那個小人書鋪看書。

還有一次，後院打克郎棋的男孩子們不知道為什麼打起來了，先是聽見吵吵嚷嚷，後來就動起手混戰起來，可能是院子太小施展不開，竟然從後門拿著桿子從我們面前呼嘯而過，從前門衝了出去……

再後來我長大了，不再癡迷於看小人書，因為我的「學識」足可以磕磕巴巴地讀「大人書了！」

郵遞員

我從小就對郵遞員有好感，確切地說，我從小就喜歡郵遞員，這大約和我的生活經歷息息相關。

記憶中我們全家在一起生活的日子屈指可數，只有在天津生活的九年，我們過的是闔家團聚的幸福生活。自從一九五八年回到北京，我的父親就被調到外省市工作，父親與家裡的聯繫就全靠書信了，包括月月給家裡寄工資。那時候只要是四合院門口有響個不停的叮鈴鈴的自行車鈴聲，接著是郵遞員呼喚母親「許先生，拿戳！」我和弟弟就爭先恐後飛跑出去，替母親拿回信或匯款單。

父親一生在外地工作，所以「家書」對父親和我們全家意義重大。父親寫得一筆好字，最早時，父親為了排解寂寞，也因為愛好書法，他會用毛筆寫小楷寄給我們，後來我們兄弟姐妹都長大了，都與父親通信，他才開始寫鋼筆字，令我驕傲的是，兄弟姐妹當中，只有我還保存著父親的字。

中學時代和父親通信更多了，哥哥姐姐都上大學了，沒時間給父親寫信，我們兄弟姐妹的學習情況，家裡的瑣瑣碎碎都是我向父親彙報，這時候大門外叮鈴鈴的自行車鈴聲一響，就不是喊許先生了，而是脆生生的：「子蘊，信！」

和郵遞員建立起君子之交是在六〇年代中後期，哥哥姐姐在大學讀書期間經常參加農村的四清運動或社會主義教育運動，他們都會從農村，姐姐從山西，哥哥從陝西，給母親或者我寫信。新疆的二姨，天津的四姨五姨，再加上父親差不多每週一封的家書，我家的來信估計創全胡同最高來信紀錄了。信太多了，

送信的小夥子自然而然就認識了我和弟弟，有時候會一腳踩著我家院門口兒的石頭臺階，一腳踏著自行車腳蹬子說兩句：「我就納悶兒了，識文斷字兒的是不是都在你們家？要不怎麼那麼多信啊？」

郵遞員比我們年齡大幾歲，他和我弟弟關係好，是因為兩個人常去居住在朝陽菜市場附近的一個男生家借書看，在那裡遇見並成為朋友。聽弟弟說，那個男生是個腿有殘疾非常有才華的人，家裡有許多不知道當時是叫黃皮書還是叫白皮書，反正非常好看的書，每次弟弟借書回來，我都搶著先看，至於他和那個非常有才華的、腿有殘疾的男生怎麼認識的我就不得而知了。

我記得借來的書都是市面上見不到的，以前蘇聯的小說、散文為主，也有其他國家翻譯過來的書，似乎有《你到底要什麼》《普隆恰托夫經理的故事》《麥田裡的守望者》《運動場》《毒日頭》等等。

文革後期，哥哥姐姐大學畢業都分配到外地，我家的信就更多了，家門口自行車叮鈴鈴的鈴聲更加頻繁，郵遞員自然知道那些多出來的地址和寄信人是我的哥哥姐姐。再後來，一九六八年弟弟也下鄉了，到黑龍江生產建設兵團「屯墾戍邊」，當弟弟給我的第一封信，從這個郵遞員手裡交給我時，他非常難過，幾乎要落淚了，忍了又忍才說：「好好學習有什麼用啊，你們家倒都是知識份子呢，連北京都待不住，還不如我，混個郵差當當，不用離開父母！」接著又說：「你弟弟託付我了，讓我幫你借書，別的忙幫不了，你家裡有什麼需要跑跑腿兒的事兒找我，別客氣！」說著，一蹬臺階，騎車走了。他的話，他的強忍著的眼淚，勾起我滿腹心酸，想起我家這幾年的境遇，「別人家日子越過越興旺，我家的日子越過越冷清……」，回到屋裡，我撲在床上嚎啕大哭了一場。

我到現在都不知道郵遞員小夥子姓什麼，只記得他瘦瘦的白白的，樣子很文靜，一年四季總穿著綠色的郵遞員制服，有點愛開玩笑。因為他送信從不下自行車，總是一腳踏在臺階上，一腳踩在自行車腳蹬子上，所以不知道他的身高，估計應和弟弟個頭差不多，應該有一米七幾吧！

有一天他來給我家送信時，當真給我借來一本書《包著紅頭巾的小白楊》，是艾特馬托夫寫的（吉爾吉斯）當時翻譯為艾伊馬托夫。故事內容記憶中已經含混不清，甚至同另一本書《飄逝的紅頭巾》混淆了，只記得一個鏡頭：那個被農場主侮辱了的年輕姑娘，在一個並不熟悉的當兵的小夥子的幫助下，逃出來。在一個河塘邊，小夥子說：「不要哭，小姑娘，跳進水裡好好洗洗，洗掉那個混蛋的罪惡，有一天我會為你報仇的！記住，你是純潔的好姑娘，要好好活著！」然後他在馬屁股上甩了一鞭子，嘚嘚嘚，策馬去追隊伍了！這書、這故事，讓我感動了好久！

一九六九年秋，我也要下鄉了，去黑龍江生產建設兵團。我對來送信的郵遞員小夥子說：「我也要走了，我們一家六口，分到五個地方，現在只剩母親一個人留京，今後我的信也要經你手送給我母親了！」他似乎知道我要下鄉似的，並沒吃驚：「我知道早晚有這麼一天，都得上山下鄉，我小妹六九屆的，還在我媽面前撒嬌呢，這不，也得走。早知如此，還不如我下鄉，讓我妹妹留京。」沒等我搭話，他一蹬自行車腳蹬子，頭也不回地騎車走了。

過了幾天，這個小夥子第一次下車了，他在我家門外喊：「子蘊，信！」我跑出來，見他手裡拿個綠色的小木頭郵箱，還有小錘子等等，他說：「許伯母要上班，你家白天沒有人，以後送信，我直接裝這個信箱裡。」我家住在一進大院門側面的單獨的小跨院裡，三間北房臨街有個後窗，往常他在大門口，不用下車，叮鈴鈴一陣按車鈴，我就會跑出來。他好像事先什麼都計畫好了，也不進小院，直接把小郵箱釘在小院門上，一邊釘一邊說：「你和你弟就踏踏實實給你媽寫信吧，我保證送到！」釘完了，從制服兜裡拿出一把小鎖，鎖上郵箱，一把鑰匙遞給我，自己留下一把，又從背包裡拿出一疊信封，一張十張連在一起的郵票：「把這個交給伯母，她給誰寫信都把地址寫好，貼上郵票，放在郵箱裡，我送信時順便帶走。如果急件，就直接去郵局，免得遇到我休息，耽誤事兒。」在他麻利地一邊幹活一邊叮囑中，我一直傻呆呆地看著，不知道該說什麼，直到他把信封、郵票交給我，我才忙不迭地說：「等等，我把錢給你！」又慌慌張張想請他進屋喝杯茶……他邊往外走邊說：「不用了，這兩塊錢我掏得起。不過僅此一次，以後讓許伯母自己準備，你們家信多，長期供應郵票信封，我恐怕會破產。」我追著他道謝，他繼續邊走邊說：「跟伯母說，我這裡有一把郵箱鑰匙，為了她方便寄信，請她放心。」然後衝我做了個鬼臉兒：「知道嗎，我認識你媽和你弟比認識你早多了，你是後來者居上。今天我休息，沒幹別的，盡為你們家服務了，記住，想家了就寫信，有我呢，保證第一時間送到。」見我傻愣愣地站著，他笑了：「回去吧，傻丫頭，好好照顧自己！」然後熟練地跨上車，瀟灑地向我揮了揮手，頭也不回地騎車走了……

這是我第一次也是最後一次聽他說了這麼多話，以後再也沒見過他。聽母親說，他後來一直遵守諾言幫母親送信寄信，直到有一天告訴母親，他工作調動了，不再送信了，把郵箱鑰匙還給了母親，還跟母親說：「您寫信時別忘了告訴弟弟妹妹，代我問他們好。」「想來他是提幹了，」母親說：「多好的小夥子啊，送了那麼多年信，門沒進過一次，茶沒喝過一口，他不來了，我心裡空落落的，好長時間緩不過來。」

＊＊＊

不知為什麼，在以後的若干年，我每次聽到歌曲《草原之夜》，都會想起他，那個善良快樂的郵遞員，雖然歌曲和人物並不搭界，也許就是那一句歌詞吧：「想給遠方的姑娘寫封信，可惜沒有郵遞員來傳情！」不知道他後來娶了什麼樣的姑娘做妻子，想來一定是錯不了的！

小鋪兒

寫老北京的胡同兒生活，就不能忽略了家門口的小鋪兒，北京人都習慣稱呼其為雜貨鋪兒。本來胡同兒裡就充滿了勃勃生機，飽含人情味兒，因為有了雜貨鋪，胡同生活更加有聲有色，老百姓開門七件事，柴米油鹽醬醋茶融入其中，更增加了濃濃的生活氣息。

北京的胡同兒長長短短，曲裡拐彎兒，形態各異，但是幾乎每個胡同都有或大或小賣油鹽醬醋的雜貨鋪。我家門口兒的小鋪兒，和我家斜對門兒，咫尺之遙，正對著鄰院兒俞平伯家的大門。小小的雜貨鋪僅十幾平米，進門兒就是櫃檯，櫃檯上一溜兒擺著三個大玻璃罐子，分別裝著顏色各異的水果糖，當然這也是最吸引孩子們眼球兒的地方。靠牆是幾個半大的瓦缸，蓋著大木頭蓋子，裡面分別盛著醬油，醋，黃醬，甜麵醬，麻醬等等，香油，花生油也放在類似的缸裡，只是體積小一點而已。

打醬油、醋是用一個漏斗，放在瓶子上，再拿一個有計量的小等子（我們這樣叫）往瓶子裡裝。我記得醬油有一毛錢、一毛五和兩毛六一斤的。母親平時讓我買兩種醬油：一毛五和兩毛六的。炒細菜她才會用好醬油。因為小鋪兒離家近，不誇張地說，就是把菜炒上，再到門口買醬油都來得及。小鋪兒還賣豬肉，憑票兒買時自不必說，後來不要肉票了，炒菜也是一毛兩毛的買肉，現買現炒，保證新鮮。

那個時代物資匱乏，小孩子沒什麼零食吃，經常看到胡同裡有的小男孩兒買了芝麻醬或者黃醬，一手端著碗，一手用手指頭伸進碗裡，邊走邊偷偷抹醬吃，那個鏡頭現在想想還覺得好玩兒。

售貨員是個很潑辣的女人，四十多歲，幹活兒特別麻利，北京土話形容她「嘴一份兒手一份兒」，小小雜貨鋪讓她侍弄得井井有條，玻璃瓶兒擦得鋥亮，櫃檯擦得露出了白茬兒，那一個個瓦缸也乾乾淨淨，絕不會有醬油醋等等掛在外面。售貨員人也漂亮，個子不高，白白胖胖的，一笑倆酒渦兒。一年四季頭上戴頂白帽子，一綹彎彎的劉海兒自然地露在帽子外，圍裙和套袖總是乾乾淨淨，讓人看了很舒服。她愛說話，會說話，把一胡同的大媽大爺哄得團團轉，誰家做了好吃的，都忘不了她，估計她每天中午都不用帶飯。那時候有叫社會青年的，就是又沒上學又沒工作的人，有的還是問題青年，他們有事沒事愛到雜貨鋪去和她聊天兒，或者開她玩笑，她一般也不急，但是如果說話沒分寸，想占她便宜，她馬上翻臉：「你給我放尊重點兒，留神姑奶奶我大嘴巴搧你！去去去，滾一邊兒去，哪兒涼快哪兒待著去，別影響姑奶奶我幹活兒。」

母親去買東西，她會說：「大姐多漂亮啊，穿什麼都那麼貴氣，瞧，一件

普通白襯衫，穿您身上怎麼就那麼可身兒合體，兒女都那麼大了，腰條兒可還這麼好，真讓人羨慕。」或者乾脆讓母親給她也量身定做一件：「哪天有空兒，我買塊布頭兒，您給我也裁一件。」母親自然是滿口應承。我若去了，她就更誇起來沒完：「瞧我們二姑娘出落得多漂亮，水蔥兒一樣鮮靈！」我每次都特別生氣，跟母親說：「她是誇我還是貶我，有誇人是蔥的嗎？」我腦子裡，魯迅筆下的豆腐西施就和她一模一樣。

後來我下鄉了，探親假回北京也能見到她，她對我充滿同情：「幹得動農活兒嗎二姑娘？想家吧？是不是想媽想得哭？」或者衝我擠擠眼睛：「接長不短兒的鬧個病，躺床上哭兩天，頭兒都怕哭，一哭他們就沒章程了，別傻呵呵死扛！」甚至說：「別回去了，家裡又不缺錢花，你爹媽還養不起你？過幾年

找個好人家，就憑咱這模樣兒，什麼好人家兒找不到！」

有一次我帶著姐姐的兒子鑾鑾去買東西，剛好碰到對門兒的姥姥抱著她的外孫小四子在雜貨鋪聊天。小四子手裡拿著一片烤窩頭，抹著芝麻醬，鑾鑾看見了，非要吃小四子的窩頭。我跟小四子商量：「讓鑾鑾拿蛋糕跟你換好不好？」沒想到人家小四子不換。鑾鑾又哭又鬧，我急得沒轍，豆腐西施二話不說，把自己帶的饅頭從鋁製的飯盒裡拿出來，一掰兩半兒，直接從缸裡舀一勺麻醬抹上厚厚一層，遞給鑾鑾：「給，沒起色的臭小子，還有要人家嘴裡吃的的？回家告訴你婆，中午給我送飯來啊！」她那個爽快勁兒，正兒八經就一典型的北京大妞兒，由不得人不喜歡她。因為我們買肉都幾毛錢幾毛錢的買，除非逢年過節或者改善伙食吃燉肉，才會到朝內菜市場買，平時日子就這麼過，習慣了，不覺得有什麼不對頭。有意思的是，那時候兵團的連長，指導員，老職工們會到上海或者北京知青家裡做客，他們對此非常不理解，無論開大會還是私下聊天，都當笑話說。有一次安團長開會學知青們說話：「北京青年有話了，特——大——，特——棒——，特——好！哈爾濱青年說了，小偷關電燈，賊閉，賊棒……」或者公然擠兌城裡人：「到上海知青家裡吃飯，小碟子小碗兒擺一桌子，可咱不敢下筷子啊，一筷子菜就走了一半。點心半塊兒半塊兒的買，這不是氣死人嘛！」「北京青年家炒菜，幾毛錢幾毛錢買肉，瞅著都來氣，吃什麼吃！」

最逗的是，有一次，北大荒三十二團十四連的馬姨來北京我家小住，我和弟弟在連隊時，一直得她關照。馬姨對我們炒菜現買肉且買一點點不能理解，有一天自己跑到小鋪割了好幾斤肉回來。那時家裡人很少，也沒有冰箱，就是燉肉也燉不了多少。我埋怨馬姨不該買那麼多肉，馬姨說：「看不慣你們買東西，知道的，是你們就這樣過日子，不知道的，尋思你們是摳門兒呢！」結果這麼多肉吃不完，又沒有冰箱，上頓下頓地吃，吃得我胃口都倒了，馬姨自己也膩了，再不擠兌我了。

八〇年代初，我們搬家了，離開了我魂牽夢縈的老北京胡同兒，離開了平房四合院兒。很長時間，我不習慣樓房憋屈的生活，睡裡夢裡都夢見我家的小跨院兒，夢見小院兒裡那棵柳樹和母親種的花花草草，夢見京腔京韻的街坊四鄰們，當然也會夢見那個溫暖溫馨的小雜貨鋪和那個說話爽快待人熱情的豆腐西施。

片兒警

片兒警是幹什麼的？年輕人會問。片兒警就是北京人對自己居住地管片兒民警的簡稱，是一種非官方的親切稱呼，是那個年代北京胡同兒裡的一道風景。

現代的北京人都住在高樓大廈裡的一個個小火柴盒兒裡，別說住個一年半載，就是住上十年八年，也沒機會見到片兒警，若果真樓裡有一戶人家被民警敲開門，估計都得嚇人一跳！

可我們小時候住老北京的四合院裡，見到片兒警的機會可就多了去了。穿著警服的管片兒民警，總是騎著自行車穿行在胡同裡，他們似乎認識胡同裡的每一家人，和見到的街坊四鄰都打招呼：「張大媽，吃了沒？」「李大爺，咳嗽可見好？」碰到胡同裡有名的愛打架鬥毆的胡同串子（惹事生非的男孩兒），會一蹁腿兒下車，不客氣地問：「這兩天又打架沒？闖禍沒？留神我知道了收拾你！」說得嚴厲，可動作很親切，會拍拍肩膀摸摸對方的頭：「臭小子，給我老實點！」奇怪的是，雖然他不會天天家家戶戶走訪，但凡大院裡誰家來了親戚朋友，沒報臨時戶口，片兒警就像有耳報神似地，很快就會來過問。那時候，片兒警的任務估計就是掌握本管界各家各戶居民的情況，確保一方平安吧！

我住朝陽門老君堂時，我們管界的片兒警叫盧增宇，他看樣子有四十多歲，個子不高，瘦瘦的，眼睛炯炯有神，很精明幹練。據說他是北京市二級英模獎章獲得者，由於他的努力，我們這一片兒的治安，自然要好於周邊地區。

真正和片兒警盧增宇打交道，始於上世紀七〇年代末知青返城大潮中。

一九七八年，我辦理了病退手續，從大興安嶺回到北京，成為百萬待業大軍中的一員。有一天，片兒警盧增宇敲開了我家的門。他到我家是來瞭解我的情況的。那時候是知青大返城的高峰，因為當初文革中期上山下鄉運動中，家家戶戶的中學生，不管三七二十一，都被統一驅趕著下鄉了，所以現在但凡能和返城政策靠邊兒，能回城的，都千方百計呼呼啦啦回到北京父母身邊。別的我不知道，僅我們胡同就有好幾十名返城知青，光我們大院就有三個，裡院白大媽家春福和他在兵團娶的北京女知青。如果算上弟弟，應該是四個，他只不過早我幾年返城。

聊天中，當知道我已經結婚，愛人孩子都還在大興安嶺，他流露出非常同情並且有些責怪的神情：「一個人回來了，那爺兒倆怎麼辦，再苦還是應該一家人在一起嘛。」我告訴他，兒子三歲了，我帶回北京了，只是沒敢遷戶口，怕落不上。並且告訴他，我愛人也不會在邊疆待長久，也在想辦法調動工作回北京。也怪了，許是他的同情博得了我的信任，許是我天性沒有防人之心，雖然母親千叮嚀萬囑咐，不要說自己結婚有小孩，會影響分配工作。可我卻竹筒倒豆子，沒心沒肺的把本不應該和一個陌生人、特別是陌生民警說的話，統統告訴他了。當母親事後埋怨我缺心眼兒時，盧增宇卻又一次來到我家，他對我母親說：「你家二姑娘勞動鍛煉得不錯，很坦誠，不說謊，這樣我才能心裡有數。以後有什麼我能幫得上忙的事，您儘管說話！」我心裡說「還用說嗎，我兒子報戶口的忙，恐怕得勞您大駕了。」但是我沒敢說出口，因為我看見母親正在瞪我，怕我又「滿嘴裡跑火車頭」，該說不該說的，混說！

聊到最後我說：「老盧，我沒工作，也沒負擔（真虧心，兒子都花錢托出去了，還說沒負擔），我幫你搞胡同宣傳吧！出黑板報我拿手，寫和畫我都行。」老盧當時正搞人口普查還是清理核對戶籍我記不清了，反正正缺人手呢！他喜出望外，坦率地說：「咱可得醜話說前頭，我可沒錢，咱純義務。」我說：「沒問題！」就這樣我開始了每天幫派出所抄寫大戶籍冊的工作。有時候也幫著出出黑板報，寫寫應景兒材料。兒子的托兒所是街道辦的，就在後院，大玻璃窗子正對著我家小跨院兒。我抄寫戶籍冊時，有時聽到兒子的哭聲：「我要倒（找）

媽媽，倒媽媽！」我就難過得淚如雨下。聽到方老師，一個清秀大氣的上海人，哄兒子：「我們去給媽媽打電話啊！」我恨不得掀翻桌子衝進去，領出我的兒子，帶他回大興安嶺。心想，這樣的日子何時是頭兒啊？我開始懷疑自己回京是否正確，再想想D回城也杳無希望，更是增加了自己焦急無奈的心情。這樣的工作幹了兩個多月，一天盧增宇對我說：「我們這兒特別缺能寫材料搞宣傳的人，可惜沒有編制，你要是能托人找到編制，我們就可以正兒八經打報告安排你工作了，否則你天天義務勞動我們也於心不忍啊。」可我到哪裡去找編制啊，最終還是老老實實參加了街道為返城知青成立的學習小組，每天學習，「不斷提高思想認識」，等待重新就業的機會！

我們分配工作由街道辦事處負責，但盧增宇對這幫無業知青非常關心，他經常去我們的知青學習小組看看，每一個人的情況他都知道。陸陸續續的，好多人在他的推薦下，急急忙忙參加了工作：裡院春福去了朝內菜市場，他愛人去了一個街道辦的小廠，還有人去了東單小吃店，上海菜館等等……我不甘心去服務行業，所以一直拖著不報名。

有一天盧增宇說：「前幾天人民文學出版社（在朝陽門大街，出版社名字記憶也許有誤）來找臨時工，單位雖好，但因為是在食堂工作，想想不適合你，沒通知你。現在東城圖書館來招臨時工，只可惜錢太少了，一天只八角錢，你去不去？」我聽了，高興得跳了起來：「我當然去，不給錢也去！」那時候我沒有經濟上的壓力，D先生每月給兒子寄三十元，我在家裡白吃白喝，父母還生怕委屈了我，總給我錢。特別是母親，只要我哪天心情不好，不說說笑笑，母親就會問我：「又不開心了?是不是沒錢花了?」馬上塞給我十塊二十塊的。因為沒負擔，心裡不急，我抱定決心，一定要找個可心的工作。

就這樣，我開開心心去了東城圖書館，那個留給我那麼多美好記憶的地方。雖然最終我還是因為編制問題，沒能留在圖書館工作，但是這一段美好的打工經歷讓我永難忘懷，以至於每每走過鐘鼓樓，我都會仰望，甚至看見年輕的我站在高高的鼓樓上，驚喜地俯看街道上熙熙攘攘川流不息的人們，傻乎乎地聽另一個打工知青，不管不顧地在樓頂上放聲歌唱。

大約是八〇年左右，我終於耗不下去，最終還是服從分配，去了服務行業，我戲稱「賣大山楂丸的」藥店工作，結束了我的待業生活。

我兒子的戶口，也是七年之後和爸爸的戶口一起遷回北京的。片兒警盧增宇雖然沒能幫我忙，我能理解，因為他是北京市一級英模，他要當得起這份榮譽，照章辦事。想想母親當初阻止我亂說話，是何其英明啊！

我的四季歌

（北京）

春風吻上了我的臉

記憶中，小時候的北京是一個春夏秋冬四季分明，節氣非常靈和準的城市，該冷的時候寒氣襲人，該熱的時候悶得喘不上氣，絕無半點含糊，以至於我一直覺得古人傳下來的二十四節氣科學到神奇和不可思議的地步。很小的時候，我就會唱節氣歌了，那是母親教給我的：「春雨驚春清谷天，夏滿芒夏暑相連，秋處露秋寒霜降，冬雪雪冬小大寒」。母親巧妙地把周璇在電影《馬路天使》中唱的四季歌的曲子和二十四節氣的詞混搭在一起，唱起來朗朗上口，聽起來清心怡人。

可惜現在變了，受各方面因素影響，全球氣候變暖……北京的天氣變得很任性，就如現在的社會，全無規矩了。遠的不說，就說今年吧，立夏以後還沒有數伏，已經經歷過好幾次中午氣溫飆高到三十七、三十八度的高溫，且早晚溫差很大，晚上又下降到二十幾度，說「早穿棉襖午穿紗，抱著火爐吃西瓜」似乎並不為過。正因為如此，記憶中四季分明的北京城，更加令我眷戀和懷想……

北京的春天是悄悄來的，真的，儘管我會盯著門前的柳樹看，下決心要抓住柳枝抽綠的瞬間，卻還是在某一天清晨，忽然發現一夜之間柳樹泛出了新綠，連同地上的小草，也冒出來青芽兒，黃色的迎春花兒綻放了，緊接著梨花兒白了桃花兒紅了……在經過一個寒冷的冬天的冷寂之後，各種花兒競相開放，姹紫嫣紅，整個兒世界呈現出一派欣欣向榮的景象。我喜歡白玉蘭，但白玉蘭不會開在尋常百姓家，只在頤和園和故宮裡有，海棠花開的快落的也快，所以春天我們會到頤和園看玉蘭花兒，再趕著到北海北岸去看海棠花兒，海棠花落時也是美極了，滿地的花瓣兒，一陣風吹過，讓你感受到花謝花飛飛滿天的意境，只是那時候還小，還沒有「感時花濺淚，恨別鳥驚心」的多愁善感罷了。

北京的春天風多少雨，春風並沒有給我留下什麼好印象，一是春風並不溫柔，經常風很大，還會裹著沙塵，婦女和女孩子們都戴著五顏六色的紗巾，倒也是街頭一景。二是春天我的臉上會長桃花癬，一片兒一片兒的白還有些癢，

我從小就愛臭美照鏡子，看到鏡子裡的小花臉兒，心裡懊惱極了，好在並不用治療和用藥，過些天就自癒了，所以每當我聽到留聲機裡三〇年代歌星姚莉的歌曲「春風吻上了我的臉，告訴我什麼是春天……」時，我都想告訴歌者，這歌應該由我來唱才對，因為我可是真正嚐過春風吻臉的滋味。

不管怎樣冬天過去春天來臨，脫下了笨重的棉衣，我還是非常開心的。我就讀的黃化門小學離景山公園、少年宮和北海都很近，下課後我常常和同學們結伴跑到景山和北海去玩。景山的運動場有一架特別特別高的「聯合器械」，我們都叫它「天梯」，先要爬上大約有二層樓高的爬梯，再走過十多二十米長的一個窄窄獨木橋（兩邊都是網狀的保護網），然後坐陡直的滑梯滑下去，非常驚險刺激。我天性膽小，但是又抵不住誘惑，看到高年級學生都上來下去玩兒得開心，忍不住也要爬上去歷險。開始時不敢走獨木橋，好容易爬上去了，看看下面，腿先自軟了，只好逆行慢慢從爬梯下來，惹得正常運動的大孩子們非常憤怒。但是過一段時間，抵不住誘惑又忍不住爬上去，這一回在後面大男孩的指導鼓勵下，我終於戰戰兢兢走到獨木橋的盡頭，該滑滑梯下去了，可是我往下一看，哇塞！暈了！滑梯好高好陡好嚇人啊，我怕得發抖，死活不肯滑下去，最後只好還是後面的大男孩護著我再走一遍獨木橋，返回原地……現在想想，我小時候真夠討人嫌的，就欠讓大孩子們揍一頓就老實了。

說我膽小，盪秋千我可是非常棒，北海的運動場在湖的東岸，南面是白塔，東臨濠濮間，西面就是波光粼粼的水面，環境美極了。每次去北海，我一定要盪秋千，或者乾脆說我是奔著秋千去北海的。登上秋千，雙腿一使勁，秋千就慢慢地盪起來，越盪越高，越盪越高，我終於像燕子般飛起來，花裙子也飄起來，遠處的白塔一會兒高到沒（mo）過我的頭頂，一會兒低到被我踩在腳下，我把秋千盪到要翻個兒的感覺還嫌不過癮。盪累了就換個姿勢坐下來，看看藍天白雲，呼吸呼吸甜絲絲的新鮮空氣，那種快樂和無憂無慮想起來就像夢一樣！

春天真好，它蘊含著勃勃生機，預示著美好和希望！人生還沒有開始，人生又剛剛開始，心中萌動著的那種蓄勢待發，那種熱情和衝動，好令人激動啊！

知了聲聲叫著的夏天

北京的春末和夏初沒有特別明顯的界限，就像柳樹抽芽也就是一眨眼的功夫一樣，一不留神，夏天就到了。記憶中北京的春天很短很短，夏天卻很長很長，長得讓人不耐煩。但是夏天的北京蟬鳴蛙叫，荷花飄香，一輪毒日頭當頭照著，到處都滾燙滾燙的，連地面的柏油馬路都軟軟的，倒也是讓人另有一番感受。

夏日裡最美的是荷花，我也叫它蓮花，頤和園後湖、北海公園、什剎海、紫竹院都有蓮花，蓮花有白色和粉紅色兩種，葉大而圓，色淺綠，與花朵同挺立於水面，偶有小風吹來則隨風翩翩起舞，婆娑生姿。睡蓮就更是美豔奇妙，它的花朵小，顏色也更加繽紛，除白色和粉紅色外，還有淡紫色和黃色，睡蓮的葉子呈心形，是濃郁濃郁的綠色，一片一片美美地浮在水面上，伴著它心愛的睡蓮。當睡蓮花開時，會自然地散發出陣陣飄逸的幽香，淡淡的花香不僅令遊人迷醉，還會引來成群的蜜蜂，甜蜜香濃的花蜜也常讓蜂兒喝醉了。白天，睡蓮在驕陽下高傲地怒放，日落時分它漸漸地就倦了，待到黑夜來臨，它便安靜地睡了。

我喜歡蓮，不僅喜歡她的出淤泥而不染，更因為她代表著聖潔、高雅和孤傲，是佛教的象徵。據說有一種藍蓮花開在天山上，能夠讓人起死回生，而且西藏的喇嘛教佛教著名的六字真言「唵嘛呢叭彌吽」中，「叭彌」的意思便是蓮花。所以在我心中蓮花是超凡脫俗非常神聖的。

喜歡荷花可並不代表我喜歡夏天，一年四季裡我最不喜歡過夏天了，真的，北京的夏天似乎總是豔陽高照，給我的感覺總是明晃晃熱辣辣的，特別是中午，真的似下火一樣，大人孩子們都躲進各自家裡，院子裡安靜得出奇，只有後院高大濃密的臭椿樹上「知了在聲聲叫著夏天」，叫得人昏昏欲睡，懶懶的倦倦的睜不開眼，那時候還沒有空調，電風扇也還沒有普及，好在我們住的西房還算高大，窗戶都是木格子上貼

紙的木窗，用一支短短的細竹竿就可以將打開的窗子支起來，房門也是不關的，只是掛一張竹簾子或者草珠子編的簾子，偶爾有風吹過，珠簾子就會嘩嘩啦啦地響動一陣子，讓人想起「水晶簾動微風起，滿架薔薇一院香」的詩句。

說不喜歡夏天可卻心急地盼著夏天，因為夏天有一個長長的長達四五十天的暑假啊！暑假，那可是青少年時代最放鬆最享受的時光，大人們還要上班，孩子們沒人管，那真是撒著歡兒玩兒，就跟沒日子瘋了似的，女孩子們結伴兒去什剎海游泳、去紫竹院看花、去北海划船，男孩子們養蠶逮蛐蛐、養蟈蟈兒，到護城河玩狗刨兒扎猛子，更有意思的是男孩子還玩兒黏蜻蜓，他們用竹竿塗上黏糊糊的膠在胡同裡跑得滿頭大汗黏蜻蜓玩兒，非常不可思議。

什剎海露天游泳館是我最常去的地方，雖然是暑假，但人可並不太多，那時候去游泳館都必須經過體檢有健康證，不似現在，憑你有什麼傳染病，只要外表看不出來，就可以隨便出入游泳館，真不講公共衛生。至於那時游泳池水是不是一天一換我不記得了，但是只要是水髒了，我皮膚就會過敏起大包，紅紅的很癢很可怕，但是這樣的情況並不多見，可見池水是相對比較乾淨的，所以不需要儀器測試，我自己就是天然的測試儀，誰也騙不了我。

划船也是夏天很享受的娛樂，北海，紫竹院，頤和園都是我們結伴去划船的好地方，印象比較深的是一次在紫竹院划船，因為想在大片的荷花叢中照相，結果陷進了泥塘，費了好大的力氣才出來，可惜沒有荷花出淤泥而不染的高潔，卻落得滿身滿臉都濺上了淤泥。

更離譜的是一次在北海划船，我們初中班幾個好朋友共租了兩艘船，船划到五龍亭附近，不知道哪位小姐提出來和我交換位置，我冒冒失失站起來就邁向她的船，結果一下子掉進水裡，在水裡撲騰半天才抓住船幫，可是這幫沒良心的同學不僅不急著拉我，反倒一個個樂得前仰後合，更丟人的是五龍亭上的遊人看到這一幕也是笑得一塌糊塗……待到七手八腳把我拉上來，我的衣服裙子都濕透了，大家趕緊把船划到湖中心，我把衣服脫下來，頂在頭上，任風吹日頭曬，直到傍晚收船時，我的衣服還潮潮的，趕緊騎上自行車，狼狽不堪地逃回家去。

＊＊＊

夏天的晚上才最美，天空深藍深藍的繁星密佈，我和弟弟在院子裡地上放上床板鋪上涼席，躺在院子裡唱小時候的歌：「小星星亮晶晶，星星朝我眨眼睛，星星星星你別笑話我，笑我把你數不清，我也要來問問你，我們種了多少樹，看你數清數不清，看你數清數不清。」有時候我們也玩兒找星星，先找北斗星，再找神奇的銀河，再找隔河相望的牛郎織女星……常常是星星沒找全，我們就甜甜地睡著了……

秋風撥動著我的心弦

一年四季中，我最喜歡的是秋天。漫長灼人的夏季還沒有過完，我就急著一遍遍問母親：「媽，什麼時候才能立秋啊？」再大一點兒，我問的就更具體了：「媽，今年是早立秋還是晚立秋啊？」因為北京有句老話：「早立秋涼颼颼，晚立秋熱死牛」。這句話別提多神了，如果是早立秋，立秋的時辰一過，風吹過來，馬上會帶來一絲絲涼意，真個是一縷秋風一夜涼，讓你在享受初秋的愜意之時，忍不住在心裡驚嘆大自然的神奇，如果是晚立秋，那就完了，天氣該怎麼熱還怎麼熱甚至更熱，熱得你「永日不可暮，炎蒸毒我腸」！

秋天的北京，美得讓人心醉，那是沉澱千年的皇城獨有的厚重和大氣之美：颯颯秋風一過，漫天飛舞的落葉旋轉著悄然落地，秋天便帶著她獨有的色彩和韻味降臨了。

香山黃櫨樹紅了，漫山遍野的紅葉紅得像火焰，遠山近坡，鮮紅、粉紅、猩紅、桃紅，層次分明，似紅霞排山倒海而來。

地壇的銀杏樹黃了，一樹樹金燦燦的銀杏葉在藍天的映襯下晃得人睜不開眼，走在銀杏林裡，斑駁的秋光透過樹葉的間隙洋洋灑灑地愜意著，就連銀杏樹下的芳草地也被厚厚的金黃色覆蓋了，隨手抓起一把落葉撒向空中，眼前便是一片燦爛的金黃。

中山公園的菊花開了，其品種之多，顏色之絢麗，冠名之詩意令人拍案叫絕，什麼「空谷清泉」，什麼「瀟湘夜雨」，什麼「幽谷殘霞」，雖無意爭奇鬥妍，卻開得飄逸瀟灑，讓人不禁想起唐代詩人黃巢的《題菊花》：「颯颯西風滿院栽，蕊寒香冷蝶難來，他年我若為青帝，報與桃花一處開。」

文人騷客描寫北京秋天的美篇也很多很多，我卻獨愛老舍的《秋天一定要住北平》，大約因他是土生土長的老北京人的緣故，讀著親切，彷彿在看一幅美麗動態的畫兒：「天堂是什麼樣

子，我不知道，但是從我的生活經驗去判斷，北平之秋便是天堂。論天氣，不冷不熱。論吃的，蘋果、梨、柿子、棗兒、葡萄，每樣都有若干種。論花草，菊花種類之多，花式之奇，可以甲天下。西山有紅葉可見，北海可以划船——雖然荷花已殘，荷葉可還有一片清香。衣食住行，在北平的秋天，是沒有一項不使人滿意的」。

秋天是收穫的季節，隔壁院子的柿子熟了，一樹肥嘟嘟金燦燦的柿子越過牆頭伸出院外，每次路過我都抬頭觀看，忍不住唱歌：「柿子熟了一個一個紅透樹梢，柿子熟了，壓得樹枝彎下了腰，啊，山前山後像滿天繁星照耀，公社姑娘樂壞了」！巴不得哪個柿子多情，掉下來砸我頭上。海棠、棗兒我不用饞別人家的，我家院子裡都有，中秋前後，果子熟了，每天都有熟透了的海棠、棗兒落在地上，特別是清晨，一夜秋風一夜雨的，地上落滿了海棠和棗兒，我

和弟弟爭著挑大的揀著吃，洗都不洗，紅紅的海棠甜甜的面面的，棗兒是兩頭尖的，脆脆的，長大以後好像我再沒吃到過這麼脆這麼甜的棗兒了。

打棗兒更是我們最快樂的事，至於什麼時候才能打棗兒，得聽房東的。哥哥弟弟爬到樹上，搖樹枝，搖得樹枝唰啦啦響，滿樹的大棗連著樹葉嘩嘩啦啦落在地上，房東婆媳，我和姐姐拿著陶瓷盆在樹下撿，想想看，落地的棗子竟然會摔碎了，它得有多脆啊！

秋天的太陽也是好的，那時哥哥姐姐都住校，週末才回家，姐姐每次回家都曬被子，曬好的被子鬆鬆軟軟的，拿回屋裡，我們倆會立刻鑽進被子聞「太陽味兒」，太陽的味道暖暖的有一股淡淡的香味兒，好喜歡，直到現在，我和姐姐還常常想念秋天的太陽味兒……姐姐手巧又勤快，假日裡她把家裡的舊毛線洗乾淨，我們倆一起纏成一個個毛線團，給我織毛衣織圍脖織手套，看著不起眼兒的廢舊毛線，經姐姐巧手一擺弄，穿在我身上，別提多美了。私下裡我也慚愧，甚至難過，我和姐姐雖一母所生，但從性格到能力都天壤之別，姐姐從小學到大學一直是學霸，各方面都非常出色，和姐姐相比，她是白天鵝，我一直是醜小鴨，為此我常常自卑得想哭……

姐姐喜歡吃螃蟹，秋天的河蟹鮮鮮的肥肥的，價錢雖然很貴，但是螃蟹一上市，姐姐還是會到朝陽菜市場買回一簍河蟹，蒸熟了給我們吃，母親切上細細的薑絲，泡上醋，我們在院子裡擺上小炕桌，如果碰上父親從外地回來，姐姐就會讓我去給父親買瓶黃酒助興，酒足飯飽我們也相互攻擊取笑，姐姐穿著淡綠的襯衫，哥哥就說：「井底之蛙一身綠，你們猜是誰？」我不等別人說話，馬上指著哥哥：「你是鍋中熟蟹披大紅！」

父親喜歡看書作詩寫字，除了是京劇老生票友唱得一出出好戲，拉得一手好胡琴，還喜歡曲藝。父親會彈單弦，唱梅花大鼓，京韻大鼓，偶爾高興會唱一段《黛玉悲秋》《丑末寅初》給我們聽，還給我們讀《秋海棠》的悲劇故事，可惜父親一生漂泊在外，和我們聚少離多，寫到此處，我不禁悲從中來，潸然淚下，我好想念我多才多藝儒雅淵博的父親啊！

最難忘的是一九六九年的秋，載我下鄉去內蒙古蘿北的火車已經開走了，我卻沒有上火車，一個人跑到北海公園，北海公園似乎從未如此落寞蕭條，秋風蕭瑟，落葉飄零，我望著一湖秋水獨自落淚，因為我已經私下裡報名去黑龍江生產建設兵團三師三十二團了，去找已經下鄉一年的弟弟。想到我此一去，全家六口人，天各一方，只剩母親一人孤零零留在曾經充滿孩子們歡聲笑語的三間空落落的大北房，日子該怎麼往下過啊，況且自己也前途渺茫……

我的美麗的北京之秋，我的美好的學生時代，在這一年的九月九號，隨著一聲淒厲的火車汽笛聲，永遠結束了！母親哭倒在北京火車站，我被火車載著，向北，再向北，我去了北大荒……

冬季到來雪茫茫

北京的冬天可不是那麼好惹的，真的是北風捲地白草折，風是那麼大，天是那麼冷，空氣是那麼乾燥，街道兩旁的樹光禿禿的，全沒有了往日的風采，公園裡的松柏雖然依舊挺拔，但也不再鬱鬱蔥蔥，而是土嗆嗆烏塗塗的。街上的行人或穿著棉猴（小時候對帶帽子的棉大衣的稱呼），或穿著短款的氈絨領子的棉外衣，顏色非灰即藍，只有女人和孩子們頭上五顏六色的圍巾和帽子給這寒冷單調的冬季帶來些活潑和靈動。奇怪的是那時候大人們都是兩塊頭巾一起戴，憑他裡面的頭巾什麼顏色，外面都要包一塊薄薄的透明的白紗巾，看起來無論是顏色還是質地都變得柔柔的，我猜測這大概也跟北京的氣候有關，北京風多，如果突然起風了，女人們就可以把外面的紗巾摘下來蒙在臉上，擋住迎面而來的風沙吧。

但是一下雪，北京就大變樣了，大朵大朵的雪花飄飄灑灑搖搖曳曳地從天上落下來，掛在屋頂上樹梢上，真的像歌中唱的：「樹枝穿白袍樹梢戴白帽」，瞬間北京就變成了銀白色的童話世界。我趴在玻璃窗前癡迷地看著飄搖著糾纏著嬉戲著的雪花，如何落在院子裡，屋頂上，落在結了冰的大大的金魚缸上……屋子裡花盆爐子上的銅壺嘶嘶地冒著熱氣，花盆爐子上烤白薯的香味彌漫滿屋，

母親在給我們擀麵條做熱湯麵，父親照例是捧著一本書看，似乎外面的世界與他無關……這個溫馨的畫面應該是五〇年代末我們全家團聚在北京的情境，它一直印在我的腦海裡藏在我的記憶深處，因為這一生中我們全家六口人在一起生活的日子實在少得可憐，我好懷念我和父母兄弟姐妹在一起度過的每一天，好懷念五〇年代清貧而不失安逸的生活啊。

午飯過後，父母領著我們冒雪去爬安定門城樓，地上的雪厚而暄軟，但是並不滑，我們邊爬城牆邊團雪團兒互相追打嬉鬧，雪地上留下我們大大小小深深淺淺的腳印，但是很快就被新的雪覆蓋上了。站在城樓上放眼望去，城外荒涼而頹敗，天低雲暮，風捲雪花漫天飛舞，很有些「亂雲低薄暮，急雪舞回風」

的氣勢。城內主路兩旁一條條胡同，一套套四合院錯落有致，盡收眼底，大朵大朵的雪花旋撲珠簾過粉牆，紛紛垂落庭院中，猶如一幅幅美麗充滿詩意的水墨畫……噢我美麗古老的北京啊，這些神祕的庭院裡究竟隱藏著多少歷史、多少故事、多少世事變遷酸甜苦辣？你好令我迷醉啊！

大雪紛紛揚揚還在下，我們大聲唱起了聶耳的歌：「雪花在天上飛，莫打濕了娘的衣，莫打濕了爺的背，娘衣濕了無衣加，爺背濕了要心碎，雪花飛雪花飛，雪花雪花慢慢飛，慢慢下……」

住平房四合院的時候，冬天我們是用花盆爐子或者叫洋爐子來取暖做飯的，燒的是煤球兒或蜂窩煤，爐子照例要放在堂屋全家人吃飯聊天的地方，為了房間裡暖和，細細的煙筒一節一節接得很長，在房間裡拐來拐去。煙筒接縫處都用膠布之類纏繞上，為的是不讓煤氣洩漏出來。爐子是生鐵的，爐臺和爐子外觀被母親用豬皮擦得鋥亮鋥亮的，爐子上永遠燒著一大銅壺水，冒著水蒸氣，而且洗臉盆也是銅的。我記得姥姥偶爾從天津來北京小住，早上直接把銅盆放滿水燒在爐子上，洗臉的時候披著衣服，連脖子帶耳朵又是香皂揉又是毛巾搓的，嘩嘩啦啦好一陣子，洗得好徹底。每次我都好奇地看姥姥洗臉，姥姥明白我的心思，會慈愛地點著我的鼻子告訴我，真正的北京人就是這樣洗臉，哪裡像你們，像貓洗臉似地，抹抹臉蛋兒就算洗完了，留下一個小「車軸脖子」（脖子沒洗乾淨的意思）。姥姥是正兒八經北京人，解放後因為父親工作調動隨我家一起遷到天津，沒想到五〇年代末，父親又奉調回北京，姥姥全家沒再隨我們遷回老家，自此在天津生活了後半輩子。遺憾的是，我家的銅壺銅盆，在一九五八年全國大煉鋼鐵，為一〇七〇萬噸鋼而奮鬥時，全部「被」捐獻了！

因為燒煤爐子，家家的窗戶上還掛著一種叫風斗兒的通風換氣的小物件，風斗是紙糊的，樣子像簸箕，掛上防止睡眠時中煤氣（二氧化碳中毒）。還有一件東西令我難忘，叫烘爐兒，是竹子編的像個筐，竹子之間縫隙很大，扣在爐子上烤衣服用。弟弟小時候很得寵，母親會把他的棉衣棉褲放在烘爐上烘熱了才給他穿。我沒有享受過這種待遇，但是我享受過烘爐帶給我的快樂，我曾經在東城區少年之家舞蹈隊（記憶中在車輦店胡同）和北京市少年宮布穀鳥合唱團（景山公園裡）唱歌兒跳舞，每次活動前我都把平時上學喜歡穿的衣服洗乾淨，特別是紅領巾和大隊長符號，怕第二天乾不透，就自作主張放烘爐上烘乾，疊好了放枕頭下壓上，第二天打扮得清清爽爽乾乾淨淨的去參加課外活動或演出。可別小看了我參加的少年宮布穀鳥合唱團，我們的指揮都是當時的大腕兒，中央樂團的秋裡指揮，中央民族樂團的張樹楠指揮，從事一輩子兒童音樂教育的鍾維國指揮，建國十周年和少先隊建隊十周年，我們都在人民大會堂演出過，還在中央人民廣播電臺錄過音呢！

但是好景不長，很快，真正的嚴冬來臨了，三年自然災害和困難時期來到了，大概餓肚子的滋味太不好受，給我的印象太深刻了吧，從此我記憶中的冬天永遠是饑腸轆轆的六〇年代初：所有副食商場貨架子上都空了，所有可以入口吃的東西都要限量憑票供應了，我家沒有體力勞動者，大人每個月才二十八．五斤糧食，小孩子多少我記不清了。用現在的眼光看，一個人一個月哪裡吃得了那麼多糧食啊？可是當時沒有任何副食品，肉和油每個月只有半斤，甚至蔬菜都極少，光吃那點糧食，真的是吃不飽。父母發愁的是，孩子們正在長身體，營養不良可怎麼繼續讀書？當時姐姐剛剛讀大學，哥哥上中學，我和弟弟都還小學沒畢業，因為糧食不夠吃，體育課都停了，學校通知勞逸結合，我們每天都只上半天課了。

記得那是一個週末的傍晚，姐姐騎車從她就讀的北師大頂風冒雪地回來了，可是沒過一會兒，她又慌慌張張從裡間屋出來了，告訴我，她有點急事必須回學校一趟：「媽下班回來你替我說一聲，我今晚肯定回家，只是要晚些，讓媽別著急！」然後就又急匆匆騎車走了。那一晚天很冷風很大，給姐姐留的菜粥一直放在爐子上煨著，母親不斷埋怨我，不該答應姐姐當晚趕回來：「她身體本來就弱，現在又營養不良，病倒了可怎麼辦？！」當姐姐終於回到家，差不多晚上九點多了，姐姐顧不上吃飯，很興奮地打開書包，從學生證裡，小心翼翼地拿出五斤糧票：「媽，這個月我從伙食裡省出了五斤糧票，給您，明天趕緊買了，全家吃頓飽飯。」原來姐姐看母親天天為糧食不夠吃著急，又沒有一點辦法，所以決定自己每頓飯少吃點，省下糧票為母親分憂。沒想到把珍貴的糧票夾在學生證的夾層裡，到圖書館借書忘了拿出來，回到家才發現，所以又慌慌張張騎車回到學校，找到圖書館老師，可能老師理解那個人人吃不飽飯的時期，一個學生如果丟失五斤糧票意味著什麼，所以居然帶著姐姐到圖書館取回了學生證，當姐姐看到五斤糧票沒有丟失時，那種激動的心情「恨不得狠狠地擁抱老師一下」。

出乎意料的是，母親並沒有稱讚姐姐，我們兄妹仨也並沒有高興，因為我們知道，姐姐因為體質太弱已經開始浮腫，臉蠟黃臘黃的，腿上一按一個坑，沒有別的營養品，姐姐的特殊待遇就是偶爾母親會給她炒一小碗黃豆，讓她帶到學校每天吃一點補補……我們兄妹沒有人說話，屋子裡靜得讓姐姐很意外和尷尬，母親默默地給姐姐端上那碗熱了又熱的菜粥，我實在忍不住眼淚，偷偷回到裡間屋，趴在被子上嗚嗚地哭了。我聽見母親責備姐姐糊塗，說她這樣幹，無異於自殘：「你想沒想過，你真的倒下了，以後全家可怎麼活……」後來的事我就不知道了，因為我哭著哭著就睡著了。只記得第二天中午，母親高高興興地給我們蒸了一鍋香噴噴的菜包子，給姐姐單獨沖了一碗白糖蛋花兒湯……再後來，姐姐終於沒抗住，得了肝炎，被送進了醫院，而我們兄妹三人在父母的百般呵護下，終於健康地熬過了那個漫長的但不失溫暖的多雪的冬天……

九百多萬輛單車IN北京

北京

別擔心
看看頭頂的星星
那是我們擁有最美的風景
宇宙即使與光年那麼大
別害怕不管命運怎麼分叉
我註定陪你一直到白髮
給我你的翅膀
我們一起飛翔
偶爾我也會彷徨
我的心會堅強會原諒
六十多億人塞滿了地球
別犯愁我會找到你的手
肩並肩一起看歲月悠悠

在茫茫的人海
我們都是塵埃
感謝上天的慷慨
讓世界有你在有我在
九百多萬輛單車in北京

別擔心
看看月光下的背影
那是世界最美最好的風景
有九百多萬輛的單車in北京
愛是世界最美最好的風景

都說一首老歌能喚起一段記憶，這是千真萬確的。我喜歡這首《九百多萬輛單車in北京》，不僅是因為它歌詞和旋律之美，它的意境之美，它描述的愛情純真之美，而且是每當唱起這首歌，都會令我想起年輕時的與騎車有關的人和事兒，都會令我心裡湧動起一股溫暖，一股熱流，一股惋惜和懷念之情……

六〇年代甚至直到八〇年代，古樸的北京城，曾經有著世界自行車王國之稱，不少中外紀錄片都有那時候真實而生動的影像，記錄著那一段歷史，那一種情懷：清晨的北京人，頭頂初升的太陽，伴著空中的鴿哨，騎著自行車，各自從居住的胡同小巷拐出來，融入到大街上川流不息的滾滾自行車車流匯成的海洋中，而我就是這百萬騎車族中的一員，我穿行在相識或不相識的人們中間，享受著那種愜意，那種怡然自得，那種自由自在，那種隨心所欲的快樂。

喜歡騎車由來已久，剛剛上中學我就會騎車了。記得那是一個週末的傍晚，哥哥突然要教我騎車，他騎車帶著我來到東四十條豁口，給我講了講要領，就讓我直接騎上車，他在後面抓著車的後座掌握平衡，我就這樣東倒西歪，歪歪扭扭地騎上了車……那可真是難為了哥哥，他得使出多大的力氣才能讓我的車子平衡，人不至於摔倒啊！還好，當月亮升起來的時候哥哥就解放了，我已經學會了，我突然覺得自己像小鳥展開了翅膀，飛了起來，我就這樣不管不顧地往前騎著，享受著這突如其來的自由和快樂，起先哥哥還跟著我的車跑，可是很快他就跟不上了，到後來我連他大喊大叫的聲音都聽不到了，我騎「瘋」了……

會騎車了，我的生活面一下子拓寬了，因為是女校學生，以前真的是兩點一線的乖乖女，從學校到家，家到學校，從不到別處去。現在我長上了翅膀，可以「天高任鳥飛」了。那時候我們兄弟姐妹四個人，只有哥哥有一輛專屬自己的二六漲閘的飛鴿自行車，家裡還有一輛閒置的父親的老舊的二八男車。應該說，我學車的起點還是蠻高的，因為我從開始就騎二八男車，怕絆到腿，所以上下自行車我都把腿向後舉得高高的，那姿勢真的可以和芭蕾舞的「倒踢紫金冠」媲美了。

那時候，同班同學不少人都會騎車，平時學校管得嚴，又有晚自習，我們不能出去玩兒，但是週末會約上幾個好朋友，阿胖，汪汪，小渝，林方等等，結伴出遊：到紫竹院踏青，到頤和園划船，到香山看楓葉，到北海打雪仗，真是開心極了。當然最冒險最刺激的騎車經歷，還是跟著哥哥，哥哥和大學同學騎車到鷲峰玩兒，往返近五十公里，我騎車跟著他一起去。姐姐在燕郊生病住院了，哥哥和我一天騎車七十多公里到燕郊醫院看望她，記得我後來實在騎不動了，哥哥一手扶把，一手推著我，到了醫院，我一頭栽到姐姐病床上昏睡，姐姐不得不帶病起床照顧我這個不知天高地厚的倒霉妹妹……

我的車技也了得，我可以騎車前後帶兩個人；我會騎倒輪閘的車；我可以飛快地在熙熙攘攘的人流和車流中自由穿行。有一次，母親下班時乘公車，恰好看到我騎車在鬧市中鑽來鑽去，大為驚異，回家對我說，想不到你幹家務笨手笨腳，騎車卻鑾靈的！那口氣充滿了驕傲。

當然，我也有「馬失前蹄」的時候，一次是看美國反法西斯電影《勝利大逃亡》，散場後因為太激動，車騎得太快，刹不住閘，直接撞到前面的平板三輪上，來了個人仰馬翻；另一次是我和中央樂團的阿柏叔叔夫婦和王黔老師，從八大處出來，我炫車技，從很陡的斜坡上往下騎，因為有加速度，越來越快，越來越快，終於失控，連人帶車，翻著跟頭摔了下來，鬧了一個滿臉花……

說來您可能不信，我的兒子可以說是在我自行車後架上長大的，一九七八年知青大返城，在經歷了十年的上山下鄉之後，我帶著三歲的兒子回到北京，兒子上幼稚園，上小學，都是我騎車接送，就連週末出去玩兒，我也把兒子往車後架一放，瀟灑地騎上車，「呼嘯」而去。當然，因為騎車帶人，被警察叔叔攔住的事時有發生，我的態度一直是：虛心接受，堅決不改。不是我不想改，是沒辦法啊，剛剛返城回京，我一個人打拼生活，又要上班又要接送孩子，我唯一的交通工具就是一輛自行車，我能有什麼辦法？！

我是個馬大哈，丟車丟車鑰匙的事時有發生，最離譜兒的一次是有一天我騎車帶孩子去弟弟家玩兒，他家在正義路，我住朝陽門，明明是騎車去的，卻帶著孩子乘公車回家了，自行車丟在弟弟家樓下，竟全然不知。半夜三更我突然想起了我的車，天哪，這可咋整，沒了車我可是寸步難行，現在去取又害怕路黑，再說兒子萬一醒了媽媽不見了還不嚇壞了……就這樣我眼睜睜捱到天亮，把熟睡的兒子丟在家，搭乘早上頭一趟公車，人不知鬼不覺來到弟弟家樓下，悄悄騎上我的車，以百米衝刺的速度往家裡飛馳……清晨的北京還在春眠，街道上空無一人，空氣清新，偶有鳥啼，那份美好那份寧靜，至今想起來還沉浸其中，做夢一般……

最難忘那一年的大年三十兒，中午團拜會後我值班，要到晚上八點才可以離崗回家。下午天空就開始飄雪花，雪越下越大，越下越大，漸漸地外面的世界混沌一體成了童話中的冰雪世界，到八點鐘我交班時，辦公室的門都推不開了……奇怪的是，我並無沮喪害怕的感覺，反倒從辦公室裡推出我的自行車，美滋滋地幻想著要在白茫茫的冰雪世界裡騎車回家該有多美好浪漫啊……其結果是大馬路上被汽車壓過的路冰雪一體，滑得一塌糊塗，自行車道上雪又太厚，一道道車轍凍得硬梆梆，不斷有人滑倒跌下來，看得我心驚膽顫，魂飛魄散……大年夜裡，家家暖烘烘熱騰騰，店鋪門口掛著大紅燈籠，爆竹聲聲不絕於耳，只有我冒著雪，推著自行車艱難前行……

因為右腿兩次摔傷，我不得不忍痛和我深愛的自行車運動說拜拜了，再說如今的北京城，再也沒有那份寧靜，那份古樸，早已成了汽車、摩的的天下，自行車已無立足之地。但是在我眼裡，無論是法拉利還是奧迪，無論是寶馬還是豐田，都不如在寬闊空曠的北京大馬路上騎車飛馳，或者在曲裡拐彎的老北京胡同裡鑽來鑽去來得開心，唉，我已有多久沒騎自行車了？真懷念那種騎在自行車上的自由自在，那種隨心所欲無拘無束的快樂，那種像小鳥一樣展翅飛翔的感覺，真想再聽聽空氣中的鴿哨聲，和耳畔輕拂的風聲啊……

話匣子裡的大千世界

（北京）

現在的年輕人，知道什麼是「話匣子」的人不多，他們寧肯知道什麼是飛機上的黑匣子，也搞不懂什麼是生活中的「話匣子」，因為他們太時髦，太現代化了！

可我知道，因為我打小兒在天津長大，母親不許我們兄弟姐妹說天津話，可我們個個兒都說得溜溜兒的，只不過當著父母面兒不敢說罷了。

告訴你們吧，「話匣子」就是收音機呀，我小時候聽天津人就是這麼說的。到了北京大家都叫它「無線電」，後來才叫「收音機」，再後來變成了收錄放三位一體的三洋、東芝答錄機，再再後來就變成了健伍呀，先鋒呀，豪華立體的大傢伙了。發展到現在，一個小筆記型電腦，一部小手機，就OK了，想聽什麼都有了，都解決了。講究點兒的，就如我，愛聽音樂，家裡配一臺小巧簡單的ubL，包包裡隨身攜帶一個紅方（我自己取的名字）即sony立體聲擴音機，那就走到哪兒聽到哪兒，美到哪兒，音樂伴你走天下，再也不會孤獨寂寞了。

說到這兒，有點跑題，其實我是想說我愛「話匣子」，我的童年、少年，我的青年（當然不包括上山下鄉十年，因為知識青年手裡若有半導體收音機，鬧不好會說你偷聽敵臺，抓你沒商量），我的中年，當然還有現在，都離不開它，說它比先生還親，有點誇張，可先生只會給我做飯吃，我的精神食糧可都是「話匣子」給的！

其實在天津時，我家經常聽的是留聲機，父母都喜歡三四十年代的音樂歌曲，又都喜歡京劇，家裡堆放不少老唱片，那時候母親沒有參加工作，是全職太太，我們的衣服鞋子都是母親親手做。常常是留聲機放著歌曲，母親邊聽音樂邊哼唱，邊縫衣服做鞋子。記得父親有一個十六開的大厚冊子，是英文的，但是配圖、插畫都是中國京劇裡生旦淨末丑，我很不解去問父親，父親告訴我這是美國人介紹中國京劇的書，很珍貴。說是珍貴，但是卻被母親用來夾我們的鞋樣子用了。

若說我的「文藝細菌」從哪裡來的，我認為除了父母基因，家庭薰陶，「話匣子」功不可沒。小小的「話匣子」讓我知道了世界上有那麼多好聽的歌、美妙的音樂，那麼多神奇的故事，外面的世界那麼大、那麼精彩、那麼不可思議。

五〇年代末期，因為父親工作調動，我們全家從天津遷回北京，在安定門內分司廳胡同的一個有著四進院落的大四合院住了下來，我家住在第三進院子的三間西房，北房是房東。暑假裡，每天上午我都在院子裡海棠樹下做功課，而房東家就會打開「話匣子」：「中央人民廣播電臺，現在開始對少年兒童廣播」。然後就是一個奶聲奶氣的小朋友的聲音：「小喇叭開始廣播啦！噠滴噠，噠滴噠，噠滴噠噠噠──」

我立刻放下手裡的鉛筆，像童話中驢耳朵國王一樣，豎起了耳朵，開始傾聽：呵呵，是康瑛老師在朗誦：「小星星亮晶晶，一閃一閃眨眼睛……」是孫敬修老師在講孫猴子的故事，或者教小朋友說繞口令：「妞妞牽牛，牛擰（去聲）妞妞擰牛」，或者是管理小朋友信箱的小叮噹和郵遞員叔叔的對唱：「雞蛋皮小帽白光光，橘子皮做我的紅衣裳，綠辣椒做我的燈籠褲，我的皮鞋咔咔響，你要問我是哪一個，我是小木偶，名字就叫小叮噹，我是小叮噹，工作特別忙，小朋友來信我全管，我給小喇叭開信箱。」「叮叮噹，叮叮噹，自行車也會把歌唱，我是人民的郵遞員，今天給小喇叭送信我跑的忙。」當然我最喜歡聽的還是少兒歌曲：「太陽光，金亮亮，雄雞唱三唱，花兒醒來了，鳥兒忙梳妝，小喜鵲造新房，小小蜜蜂采蜜忙，勞動的快樂說不盡，勞動的創造最光榮」，「青青山藍藍天，青青山上野花鮮，青山下綠一片，麥浪滾滾望不到邊，看一眼走半天，再走還是社裡田」。隨著音樂和歌聲，我的思緒飛出了院落，飛得好遠好遠……

六〇年代初，「話匣子」裡播出的內容更加豐富多彩，京劇、曲藝、話劇、音樂，想聽什麼有什麼，記得播馬連良的京劇《烏盆記》時，那是父親最喜歡的劇碼且會演唱，我們邊聽，父親邊講，那是一個包公伸張正義為一個被人謀財害命後又碎屍做成一個烏盆兒的人沉冤昭雪的鬼戲，父親邊講我邊想像著：烏盆兒遇到了包公，現出了被害人的原形，因為是鬼，演員臉上貼滿了白紙條，出場像乍屍一樣一蹦一蹦的……聽得我渾身發冷毛骨悚然。但因為是鬼戲很快被禁播了，這一出馬連良最拿手的傳統老生戲，我一輩子再沒聽過看過，永遠停留在我想像中的樣子了……但是開場的老生唱段因為父親唱過，我還記得戲詞：

嘆人生世間名利牽，
抛父母撇妻子離故園。
披星戴月奔家園，
霎時間一陣天色變，
狂風大雨遮滿天，
劉升帶路往前趲，
夜宿旅店把身安。

那時候「話匣子」也會播放話劇、電影錄音剪輯，這些都是我最喜歡的節目類型。印象最深的是我收聽人藝的話劇《雷雨》，雷雨是劇作家曹禺創作的，是發生在二十世紀二〇年代中期一個帶有濃厚封建色彩的資產階級家庭中的悲劇，兩個家庭兩代人之間錯綜複雜的關係和所有的恩怨以及尖銳的矛盾都在雷雨之夜爆發了：魯媽來周公館看望女兒四鳳，和周公館主人，曾經為他生了兩個兒子又遭拋棄的昔日戀人周朴園不期而遇，魯媽的到來，引爆了這個表面平靜道貌岸然家庭暗藏的醜惡和危機：名為母子實為情人的繁漪和周萍、名為戀人實為兄妹的周萍和四鳳……當真相最終在雷電交加的夜晚暴露，大白於天下，不堪打擊和恥辱的大少爺周萍開槍自殺，女僕四鳳和二少爺周沖觸電身亡……激烈交鋒後，全劇在魯媽絕望的聲嘶力竭的呼喊聲和一聲炸雷中落幕。因為劇本好音響效果好演員出彩，別人我不記得，繁漪是著名表演藝術家，電影明星舒繡文出演，她把一個女人的寂寞、失落、絕望、憤怒乃至狠毒，表現得入木三分，淋漓盡致。這出劇給我這個當時還是初中生的感覺，用震撼、用驚心動魄、用觸及靈魂都不為過，以至於我後來成了舒繡文的粉絲，把她主演的老電影《一江春水向東流》看了又看，而且愛上了話劇，迷上了人藝，人藝的每出傳統劇碼《駱駝祥子》《北京人》《家》《茶館》，我場場不落下……

「話匣子」裡好聽的音樂和歌曲也非常多，那時候盛行外國民歌二百首，我們兄弟姐妹四個人都非常喜歡唱歌聽音樂，哥哥尤為最，用五迷三道來形容他的狀態一點不誇張。我們幾個人，無論是誰，放學回到家，書包一放，馬上打開「話匣子」，呵呵你就聽吧：《鴿子》《在路旁》《西波涅》《重歸蘇蓮托》《我的太陽》……前蘇聯歌曲更是令我們著迷：《莫斯科郊外的晚上》《紅莓花兒開》《共青團員之歌》《蜻蜓姑娘》《喀秋莎》《三套車》《紡織姑娘》……幾乎每首都耳熟能詳，每首我們都會唱。最有意思的是，因為喜歡樂曲《波來羅》，哥哥在課間休息時（那時他在六十五中讀高中）騎車飛奔回家，聽完音樂再騎車返回學校，夠瘋吧！

母親也是「話匣子」的熱心聽眾，母親是國粹派，她不喜歡外國音樂外國歌曲，只喜歡聽京劇、越劇、曲劇，喜歡海政文工團的男高音呂文科，印象中似乎凡是呂文科唱的歌，都是呂遠作詞作曲：《走上這高高的興安嶺》《克拉瑪依之歌》《羊倌的歌》，母親都不厭其煩聽了又聽。她還喜歡聽電影《赤峰號》插曲《等待出航》，這歌詞曲都非常美，讓我真正理解了什麼叫革命的浪漫主義：「銀色的月光，映照著無邊的海洋，英雄的水兵，焦急地等待著出航，在那水天相連的遠方，去打擊敵人保衛國防……」還有歌曲《草原之夜》，如果我沒記錯，應該是男高音歌唱家孟貴彬唱的：「美麗的夜色多沉靜，草原上只留下我的琴聲，想給遠方的姑娘寫封信哎，可惜沒有郵差來傳情……」聽著這憂鬱悠揚的歌聲，仿佛看到一位思念情人的牧民，在濃濃的夜色中，在綠色的草原上邊彈邊唱，那意境真的非常美，不怪母親癡迷，誰會不喜歡這麼動聽這麼動人的歌兒啊！

有趣的是母親不僅僅是喜歡，還非常「較真兒」，「憂國憂民」，她喜歡曲劇《楊乃武與小白菜》，喜歡曲劇大師魏喜奎，因為孩子們都不喜歡聽，她擔心這個劇種失傳，居然提筆通過《北京晚報》給魏喜奎先生寫信，希望振興曲劇培養接班人。沒想到魏喜奎居然給母親回信了，她也稱母親為先生，她說母親的擔心也是她的憂慮，並且希望母親作為曲劇愛好者，能夠為這個劇種的振興多方奔走呼籲……這件事很讓母親得意了一陣子，也讓我們兄弟姐妹不得不對母親刮目相看！

我的「話匣子」的故事到文革動亂開始，即告結束。一是一家人從此天各一方，四個孩子兩個分配外地，兩個上山下鄉，父親本來就一個人孤零零在外地工作多年。北京的故居，朝陽門的三間大北房，只剩下母親一個人，我家的「話匣子」也從此「失音」。母親說：那些讓人震耳欲聾的革命歌曲，那翻來覆去的十個樣板戲，那些空洞嚇人的口號和社論，她不聽還好，一聽就心驚肉跳，整夜整夜睡不著覺，後來索性拔掉電源，和曾經帶給我們全家那麼多快樂和幸福的「話匣子」說拜拜了！

雨天變奏曲

北京

我愛雨天，愛濛濛細雨的羅曼蒂克，愛瓢潑大雨的暢快淋漓，愛春雨羞答答的珍貴，愛秋雨的冷冷清清淒淒迷迷；我愛看雨中奔跑的人們，和傘下相依相伴的一對對情侶，愛看穿著花花綠綠塑膠雨披的像蝴蝶般飛舞的騎自行車的人們，當然我更愛那種吸一口潤潤的空氣沁人心脾的濕漉漉的感覺。

許是現在的北京越來越乾旱了，雨也越來越少了，我常常懷念那時候多雨的季節和雨天發生的故事，恍如一幕幕電影在眼前浮現，好美好美啊！

從小到大我一直有個怪癖：別人雨天都不出門，躲在屋裡，可我雨天卻偏偏要找茬兒在雨中亂跑淋雨。母親曾經告訴我是火命，五行缺水，這大約是我喜歡雨天的潛在原因，「但是不是說水火不相容嗎？」我問母親，母親不屑理我，只淡淡地說：「所以說你格路呢！」什麼叫格路？我只知道是北京土話，現在我懂那是個色、彆扭的意思，小時候我會為此跟母親生氣，格路是什麼意思，肯定不是好話，乾脆直接罵我一頓得了，幹嘛轉彎抹角！

在天津時，我家的後窗是臨街的特別大的玻璃窗，外面就是寧夏路，我記得那時候雨天特別多，一到雨天，我就趴在後窗上看雨，看街上偶爾路過打著油布雨傘的大人們，隔窗對面是天津的私立惠青小學，透過玻璃窗，我還能看見在雨中亂跑嬉戲的孩子們，那份簡單那份快樂，現在被一大家子人捧在手心的，越來越金貴的孩子們真的再難享受到了。

有趣的是，那時候我的弟弟朋，都四五歲了，還一句話不會說，我倒沒見大人們著急，姥姥反倒說：「貴人語話遲，這孩子長大能做大事。」記得一個雷電交加的夏日，外面下著雨，屋子裡很暗，突然間一道閃電，轟隆隆一個炸雷，我聽見弟弟清清楚楚地說道：「嚇我一跳！」好傢伙！哪裡是嚇他「老人家」一跳？我當時都驚了，大叫大嚷起來：「媽，媽，小朋會說話啦，小朋會說話啦！」奇的是，弟弟從此沒有過程，就會流利地說話了，只是弟弟辜負了姥姥的誇讚，長大了沒做成大事，倒被統一驅趕著上山下鄉了……

雨中美好的記憶實在太多太有意思了：

最浪漫的事莫過於上山下鄉前，我那時候在中山公園音樂堂給一臺中學生的大型歌舞節目化妝，至於怎麼混了這麼個差事已經不記得了。有一天遇到了雨，眼見雨越下越大，我開始擔心，淋成落湯雞還怎麼進劇場？我開始在公園裡飛跑，忽然身後伸過來一把傘，一個男生追上了我，邊為我打著傘邊說：「雨太大了，還是趕快躲躲吧！」公園裡參天大樹很多，我跟著他跑到最近的一棵大松樹下避雨，這才感到混身不自在起來，我推開他的傘，忙不迭地給他道謝。他倒是大大方方：「我認識你，我們都在後臺化妝，只不過不是一個組。你忘了？我還為你跟某某吵過架呢！」他一說我倒想起來了：那是我剛到節目組，一個長得像外國人的男生主動教我化妝，並且直接在我臉上做示範，他邊化邊講，好容易化完了，我趕緊去照鏡子，不照還好，一照嚇了我一大跳，鏡子裡出現一張濃妝豔抹的難看的臉，我甚至看都沒看第二眼，一把把臉抹了個滿臉花，我生氣地用手指剜了一塊凡士林，就往衛生間跑，就聽見身後有男生大聲斥責教我化妝的人，似乎是說他手藝太潮，根本沒資格教人之類……原來為我抱打不平的人是他，我非常感動又不知說什麼好，只會一迭聲地說謝謝！雨漸漸小了，公園裡蒼松翠柏被雨洗過，濕漉漉的滴著雨滴，越發翠綠好看，我和他都再沒有說話，只是呆呆地看著雨，享受著那份安靜和美好。又過了一會兒我提醒他，我們該走了，否則要遲到了，他撐開雨傘，忽然自言自語地說：「真希望雨永遠不要停才好。」沒走多遠音樂堂就到了，我再次謝他，他忽然哈哈笑了起來：「看來除了謝謝，你再不會說別的了！」我非常難為情，慌慌張張跑了，再沒敢回頭……

最好玩兒的事是發生在天津的「水漫金山」。

那應該是八〇年代的一個夏天，我因公去天津參加為期一周的一個理論學習班，因為培訓地點離市區很遠，我不能去看四姨五姨，有一天我乾脆請了一天假，住到五姨家。午後五姨陪我去逛老街，重溫兒時舊夢，待到我們逛天津勸業場時，已經是下午四五點鐘了，原本陰沉沉的天，終於繃不住，嘩啦啦下起了大雨，好在我們在勸業場內逛得開心，並不在意下不下雨，美夠了該回家了，待到出得門去，哇噻！外面變成了一片汪洋，深深的雨水至少沒膝了，十幾米遠的地方停著各式各樣拉生意的三輪車、平板車等等，熱情的天津小夥子操著濃濃的天津話，大聲叫喊：「大媽大嬸姐姐們，坐車嘛您了？」我奇怪地問五姨，下雨時間並不長，為什麼積水這麼深？五姨說，天津的排水系統太老舊了，解放後幾乎沒修過，別說這麼大的雨，只要下雨街道就積水，沒人管。這時候一個小夥子涉水過來，邀我們上他的三輪車，並且熱情地要背我們過去：「水涼，別激著，背你們不算嘛事兒。」別說我，自重的五姨也不能這麼幹啊。我和五姨不顧小夥子的阻撓牽手下了「汪洋」，蹚水踉踉蹌蹌上了小夥子的三輪車。這時候天漸漸黑了，街道上的路燈也亮了，我們乘坐在吱吱呀呀亂響的破舊的三輪車上，褲腿也濕透了，可心裡的感覺一點不比乘坐奧地利的馬車差：鬧市裡的霓虹燈倒映在地面的雨水上，五光十色一閃一閃的分外浪漫迷人；靜謐小街裡昏黃的燈光在飄飄灑灑紛紛細碎的小雨中，搖搖曳曳令人生出幾分遐想，酷愛唐詩宋詞的五姨忽然吟誦道：

少年聽雨歌樓上，紅燭昏羅帳。壯年聽雨客舟中，江闊雲低，斷雁叫西風。而今聽雨僧廬下，鬢已星星也，悲歡離合總無情，一任階前點滴到天明。

然後她笑笑對我說：「蘊兒正當壯年，吾已垂垂老矣。」

＊＊＊

下雨可真好啊，我喜歡雨天躺在床上看書，書上的文字會幻化成畫面，我喜歡雨天聽音樂，那歌聲或悲傷或惆悵，引起我無限遐想。

常常有這樣的鏡頭閃回，亦真亦幻：外面飄飄灑灑地下著小雨，我慵懶地靠在枕頭上，手裡捧一本書，或普希金或雪萊的詩集，或《安娜卡列尼娜》或《紅字》，或老舍或《紅樓夢》，或乾脆躺在床上打開收錄機聽音樂：「三月裡的小雨，淅瀝瀝瀝，淅瀝瀝瀝下個不停，三月裡的小溪嘩啦啦啦啦，嘩啦啦啦流不停，小雨為誰灑，小溪聽我說，可知我心中的寂寞……」「風中有朵雨做的雲，一朵雨做的雲，雲在風裡傷透了心，不知飛到哪兒去，飄啊飄飄落花滿地，找不到一絲絲憐惜……」

因為喜歡雨天，我偶而也會「詩興大發」，這裡不妨發一首我寫的《看雨》，我的好朋友，曾經的兵團播音員小建因為喜歡還為這首詩配了音樂並且錄製了朗誦：

天上飄來一片雲，變作大雨化作小雨，
大雨嘩嘩啦啦，小雨淅淅瀝瀝，
大雨一陣陣，小雨一滴滴，
大雨落在地上，砸出蓮花朵朵，
小雨飛進池塘，荷葉青翠欲滴，
風捲著大雨傾盆，似雄渾的交響曲，
絲絲小雨輕柔，似情人竊竊私語。
玉蘭樹伸展著腰枝，龍爪槐搖來擺去，

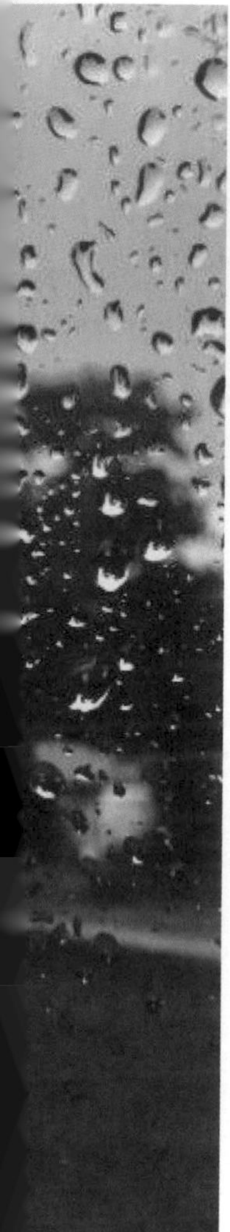

爬山虎的枝枝蔓蔓，構成了一堵綠色的牆壁。
芍藥花分外妖嬈，茉莉花散發著香氣，
密密的藤蘿似一把傘，遮住了傘下的石桌石椅。
天上的雲飛走了，大雨小雨都停了，
被打濕了翅膀的蜻蜓，飛出了我的院落，
只剩下滿眼濕漉漉的綠。
是什麼鳥兒在叫？欲滴，欲滴！
是什麼雀兒在和？我心如洗，我心如洗！

書中自有顏如玉

北京

常常有人問我：這輩子你最後悔的事情是什麼？我每次都毫不猶豫地說：「我最後悔的事是沒有按部就班地讀書，沒有讀大學。」其實用後悔兩個字不太準確，應該用「遺憾」才對，因為不是我不想讀書，不是我考不上大學，是我們正在讀高中卯足了勁兒準備考大學時，那一場滅絕文化的文化大革命開始了，學校停課了，大學停止招生了，我們的理想我們的美夢破滅了！

應該說明的是，我是有後學歷的，而且是響噹噹的學校，我的大專是北京經濟學院勞經系，是八〇年代靠自己努力考進去的，脫產兩年認真學下來的。我的大本是中央黨校政法專業函授班的，也費勁巴拉一門兒一門兒學了兩年呢。但是我從不認為我是大學本科生，因為第一那不是我喜歡的專業，第二很大程度上學習是為了大學文憑，我們這一代人都明白，沒有大學文憑會遭淘汰的，所學專業和自己的志願愛好興趣無關，連我自己都不認可，何況他人乎！

我一直認為我的學識我的文化素質都是我的母校女十二中（貝滿女中）給我的，我對我的母校我的老師滿懷深深的愛和感激，我人生最美好的生活和記憶也永遠定格在我的中學時代。為此我在海峽兩岸出版的書《我曾經的名字叫知青》裡，專門寫了《令我魂牽夢縈的女子十二中學》《最後一課》《我要讀書》等章節，述說了我的愛恨和無奈。

我在女十二中讀書的年代是一九六二到一九六八年，一九六六年文革開始，天下大亂，我們就沒有書可讀了。可就是這短短四年的學習生活，卻讓我一生受用不盡，直至現在，我的心上、我的記憶裡滿滿的都是中學美好的校園生活：初中部的白果樹和大教堂，高中部氣派的大王府，學識淵博氣質高雅的女老師，溫文爾雅和藹可親的男老師，快樂健美好學上進的同學們，讀書時的每一段記憶都那麼美好，那麼令我留戀。

那時候我們學習很輕鬆，學校提倡德智體全面發展，學習沒有成為我們的負擔，還非常享受。每天上六節課，晚自習不強求走讀的同學參加，所以六節課後，同學們或去學校圖書館借閱圖書，參加課外活動，或結伴去博物館美術館看展覽。但是學校規定平時不准去電影院看電影，否則要挨批評的。我是電影迷，曾經因為不是週末擅自離校看電影《冰山上的來客》和《劉三姐》而兩次受到班主任老師批評。我們的業餘課外小組有籃球隊，排球隊，美術班，舞蹈隊等等，美術班舞蹈隊都是與一牆之隔的男二十五中（原育英中學）合辦的，舞蹈隊似乎是高年級同學參加，水準很不一般，記得他們演出的舞蹈「小刀會」非常精彩。我參加過美術班，學水粉畫，但是三分鐘熱乎氣兒一過，我就不去了。

學習不是負擔而是享受，這是當前從小學開始就被沉重的學習壓力壓得喘不過氣的孩子們無法理解和不敢相信的事情。而這種感受只有我們的學生時代我的母校才會給我才能做到。平時我們只要課堂上認真聽講，課下認真完成作業，按時完成學校規定的各項學習任務，其他的時間都是自己的，我們的業餘愛好是受校方鼓勵的。

當然期中考試期末考試是要努力複習功課緊張一陣子的。可我的記憶中，連期中考試、期末考試、複習功課都非常享受，充滿詩意和浪漫。原因是我們複習功課（至少我和兩位閨密如此），一定要找環境安靜優美和不受任何干擾的地方，說是複習功課，卻不怕路上耽誤時間，偏要騎車到圖書館到公園去複習，現在想想有點不可思議，那不是純粹找地方玩兒去了嘛！

我的閨密渝是班學習委員，用現在的說法她堪稱學霸，她和我性格不同，對自己要求非常嚴苛，似乎門門功課必得拿第一才可，我在班裡學習中上等，有些偏科，但我對自己很寬容，能保持就可以，絕不難為自己。另一位閨密方，人非常聰明，記憶中是數學科代表，也是並不太用功，但學習一直很好。我們仨都是知識份子家庭出身，愛好、氣味又相投，每天如影相隨，形影不離，被班裡同學戲稱三位一體。

我們複習功課的地方很多，例如北海的小西天，濠濮間，景山的亭子或山坡上，國子監的首都圖書館等等，都是我們常常光顧的好地方。期末考試都在七月中旬。而期末複習時間應該在六月底七月初，天氣漸熱又沒有暑伏階段，所以找一個涼涼快快，舒舒服服的地方複習功課對我們來說當然至關重要了。

北海的小西天和國子監的首都圖書館，有一個共同點，就是都有一個十多

平米見方的高高的大石頭臺子，首都圖書館的石頭臺子在院子裡，而北海小西天的臺子是在一個大殿中，現在上面是西方極樂世界的群雕。我們上學那會兒，臺子上面什麼都沒有。大殿的東南西北四面是四扇開著的門，複習功課時，我們坐在臺子上，用書包壓住複習材料和書，任東南西北的小風嗖嗖一吹，那才叫神清氣爽，心曠神怡，三個人盤腿在石頭臺子上一坐，或背書或探討或互相問答，效率非常高，複習效果非常好。

母親曾經給我講，景山的五個亭子曾經供奉著酸甜苦辣鹹五味神，早年間誰家有病人吃飯沒味道，就來景山燒香敬神。可吃嘛嘛香的我們仨卻偏愛跑到景山五味亭來複習功課。一般情況下我們都避開亭子因為亭子裡有時會有遊人，而是在亭子旁邊山坡上找一個風涼有樹有山石的地方，在山石上鋪張報紙就開始複習功課。遠遠望去，北面是筆直的龍脈上矗立著古老的鐘樓鼓樓，南面是古建築群故宮博物院以及天安門，人民英雄紀念碑。近處的北海、中南海盡收眼底，哎，我的古樸的歷史悠久的老北京呦，你可知道生於斯長於斯的孩子們是多麼愛你呦！

當然複習功課時總會有小插曲讓人難忘，一般情況下都是我惡作劇，她們倆對我也無可奈何：有一次我們在小西天複習功課中間遇到了雷陣雨，那個大殿本來就終日不見太陽陰森森的，在雷電交加中，我忽然想起母親曾經講過，有一位燕京的大學生，因為失戀，在小西天自殺身亡的事兒，我頓時毛骨悚然，渾身冒冷氣。可氣的是，我自己害怕不說，竟然還用這個故事嚇唬比我還膽小的她倆，並以此為樂！還有一次在景山，因為山坡太陡，我站立不穩，不小心演了一個現實版的一個紅薯滾下坡，幸虧樹多，我抓住樹，沒有摔下去，但是塑膠涼鞋的鞋帶卡子掉了，只好趿拉著鞋狼狽不堪地騎車回家，複習功課的時間和好心情也因為我搗亂而打了折扣。

學校圖書館也是我們所有同學最愛的地方，圖書館藏書很多，古今中外的圖書什麼都有，奇怪的是，面對上千名青春期的女學生，學校並沒有規定什麼書可以看，什麼書不可以看。我偏愛俄羅斯文學，自然讀的書也「偏科」，但其他的世界名著我也沒少看，記得我借閱莫泊桑的《人生》時，其中有一段大概是性愛的描寫，但是讀到這一段時，書頁都被整整齊齊地撕掉了，我猜想，會不會是圖書館老師對他的小讀者們，採取的保護措施呢？

中學圖書館在我人生中起到了不可忽視的作用，養成了我愛讀書的好習慣。更重要的是養成了我愛逛書市，書店，買書的習慣，那時候王府井新華書店，西四把角兒的新華書店，地安門新華書店，琉璃廠的舊書店都是我經常光顧的地方。八〇年代以後，開始有書市，文化宮，地壇，都有春季或秋季書市，圖書種類繁多，浩如書海，逛書市的人也非常多，摩肩接踵，人頭攢動，特別是舊書攤上，你若踏實下心來，慢慢翻閱，幾元錢就可以淘到令你心儀愛不釋手的好書。

現在的書市以我們這一代人居多，當然還有比我們年紀更大的老者，但鮮見年輕人，不知道這是一種社會進步呢（他們都去看電子版圖書了吧？），還是文化的缺失，無論怎樣，在我眼裡在我心裡，每每看到愛書的人如此之多，如此癡迷，特別是看到有些老先生，戴著老花鏡，在舊書攤前一本一本地翻閱，一本一本地挑選，心裡總是充滿感動，想想小時候教室牆上貼著的醒目大字：「愛書吧，書是知識的源泉！」「書山有路勤為徑，學海無涯苦作舟！」心裡真是百感交集，感慨良多。

那時候的社會教育也很值得稱道，我的同窗六載的同學臧小平是著名作家、詩人臧克家的女兒，記得我上初中時，由《詩刊》主辦的詩歌朗誦會，常常在首都劇場舉辦，由於臧克家是《詩刊》主編，臧小平手裡總會有票，我們常常結伴去聽詩歌朗誦，朗誦者都是名氣很大的話劇演員和電影演員，都有誰我已經記不清了，但是我卻記住了在電影《董存瑞》中飾演郅振標的演員楊啟天，他化妝成黑人，在「被告臺」上，朗誦了一首捷克伏契克寫的《絞刑架下的報告》中「歷史將宣判我無罪」的辯護詞，他激情澎湃的朗誦，給了我很大震撼，令我至今難忘！

前些天，我們高中班的同學搞了一次聚會，文革之後失聯了四十多年的同學們終於團聚，從當初的青春美少女到如今兩鬢斑白的老嫗，大家真是感慨萬端。聊起分別後近半個世紀的生活，大家吃驚地發現，雖然我們之中，有插隊的，有去兵團的，有隨父母去五七幹校的，有參軍的，有去工廠的，但歷盡滄桑癡心不改，都以各自的方式上了大學：最理想的是參加了一九七八年的高考，其他有上電大的，有上各大院校幹部進修班的，有自學高考的，總之都想盡辦法繼續學習圓大學夢。而且憑藉自己的努力，成為各行各業的精英，有大學教授，有中學教師，有報刊雜誌編輯，有中央部委和國企的業務主管，有文藝團體的鋼琴師，有下海做生意後在海外定居的……總之都各有專長和建樹。望著同學們的一張張笑臉，聽著同學們侃侃而談，我忽然明白了「書中自有顏如玉」的深刻內涵，我為我的同學們自豪，為我的母校女十二中（貝滿女中）自豪，為打不垮摧不折的我們這一代自豪！

癡人說夢的日子

北京

我的癡人說夢的日子，發生在七〇年代末，我從黑龍江兵團返城回到北京的那一年。那是一段交織著興奮、焦慮、自卑、無奈、期待，多種錯綜複雜情感的日子，也是我人生中一段不能忘懷的經歷，想想真的是很天真很荒謬很好笑很悲催和很令人百感交集的日子。

我中學的兩位閨密渝和芳，上山下鄉大潮中芳去了大興安嶺呼倫貝爾盟插隊，後來又輾轉到了文化部幹校；渝則進了北京的街道民辦三產小廠。上高中時我們仨都憧憬過美好的大學生活，渝想考進北京最棒的理工大學，芳想子承父業學音樂當指揮，我則一直鍾情於新聞歷史中文，自然也早有自己心儀的名牌大學。一場文革浩劫和突如其來的上山下鄉運動，打碎了我們的美夢，改變了我們一生的命運，但十年之後的大返城，對一直仍舊心存不甘，懷揣夢想的我們仨來說，又提供了一次憧憬美好，癡人做夢、癡人說夢的機會。

我們仨雖然是好朋友，但性格不同，甚至可以用天壤之別形容。渝是一個非常認真好學，中規中矩，所謂一步一個腳印的人。芳是性情溫和，安靜寬容，浪漫多情的人，我則是熱情有餘，不切實際，愛想入非非，頭腦不夠用的人。也許是應了那句話：有差別才能互補，友誼才能長久吧？我們仨竟然要好了一輩子。

我和芳返城那一年，雖然渝已經在北京有了工作，但是她一直沒放棄學習和改變自己命運的希望。我剛剛回到北京，她就告訴我，她正在學習中醫針灸，有一位退休老中醫經常給她講中醫推拿針灸知識，晚上或週末出診時，也會帶著她實地觀摩學習。她說，如果我願意，她可以和老中醫說說，跟她一起學習。我自然非常願意趁此閒暇時機多學點東西了。幸運的是老師也竟然同意收我為徒，讓我和渝一起學習。於是在一個星期天早上，我第一次跟著老師出診，來到了一位癱瘓在床的病人家裡。

印象特別深的是，那個病人住在一個四合院的大北房裡，房子很高很大，但是門窗緊閉，還拉著大窗簾，一進屋就覺得特別陰沉壓抑和氣悶，伴隨著一股怪怪的氣味，令我很不舒服。我悄悄地對渝說，我不想學了，我想趕緊出去透透氣，渝嗔怪地瞪了我一眼，示意我別說話，好好跟老師學。病人是個特別特別胖的大塊頭老太太，因為久不見陽光，臉色慘白瘮人。老中醫邊給她紮針灸，邊講穴位和療效，渝則拿著小筆記本邊聽邊記……可我卻什麼都聽不見，只覺得頭暈腿軟，噁心想吐，直出虛汗。待到看見老太太頭上身上紮滿了針，我終於站不住了，順著牆出溜下去，倒在地上，就什麼都不知道了……我暈過去了……。後面的故事就不用說了，我被老大夫掐人中抽嘴巴（我猜他肯定氣得抽我嘴巴了，渝非說沒有。）最後生生給我掐醒過來。我只記得自己頭昏腦漲，四肢冰涼，混身都被冷汗浸透了，被倒楣的渝送回了家……

有一天，芳和渝一起到家裡找我，兩個人都特別興奮，她們聽人說，外交部出國人員服務部在招去國外的家庭服務員。她倆說，咱們都馬上進入三十歲了，還沒出過國，不如到國外打工拼搏，一來咱們學過四年英語，可以派上用場，在有語言環境的實踐中，把英語口語掌握熟練。二來可以到國外見見大世面，多方面積累知識，豐富自己。最重要的是還能直接掙外滙，發一筆小小的橫財，三全齊美，豈不快哉！我聽了，腦袋裡第一個出現的畫面就是英國電影裡的那些訓練有素，不苟言笑，穿著得體的美麗的家庭女教師們，一系列外國名著裡的鏡頭，什麼《簡愛》啊，什麼《蝴蝶夢》啊，在腦海中快速閃現，只是沒有一個鏡頭與幹家務活兒有關，心兒也不由得跟著激動起來。那天剛好D先生探親在家，聽到了我們仨的胡言亂語，頓時七竅生煙，大發雷霆：「你們是不是都有病啊？別的不說，你們連自家飯都做不好，讓人家伺候你們還差不多，誰家缺祖宗請你們去當祖宗啊？再說到外國人家裡做家政服務，連人身安全保障都沒有，真是癡人說夢，是不是腦子都進水了？！」

我們仨見他氣得紅頭漲臉，說話也一反常態的凶巴巴，不由笑得前仰後合，渝禁不住說：「我們這不就是聊天討論嗎？你急什麼？沒有出路，還不許人想想，現在我們仨就是沒頭蒼蠅亂撞，說不定哪天就撞上大運了呢！」

我這個人天生愛想入非非，在待業期間，一邊幫著派出所抄寫戶籍冊，參加著街道組織的學習班，一邊挖空心思給自己找出路。有一天我看見朝陽門大街臨街一個院子裡，開了一家洗衣作坊，心裡一動，馬上回家跟母親說：「媽，我想開一家洗衣店，咱家這麼大一跨院兒，買上兩三臺洗衣機，水管子一開，電源一接，嘩嘩嘩，衣服就洗乾淨了。咱家院子大，陽光充足，多拉幾條繩子，晾衣服也方便，多好啊！您就辭了您的會計工作，擎等著給我當老闆收錢吧！」母親聽了，居然沒笑，倒是長嘆一聲，落下淚來。母親說：「我看你是找不到工作急得糊塗油蒙了心了！你哪裡是幹這事兒的人啊，自己的衣服都還洗不乾淨，還有熨燙衣服你會嗎？你知道有多辛苦嗎？你笨手笨腳的，還不把自己燙個好歹？再說父母也跟你丟不起這人啊！」見母親落淚，我鼻子也酸了：「媽，您翻的都是老皇曆了，我下鄉十年，什麼苦沒吃過，什麼活兒不會幹？觀念也早變了，只要能自食其力，就不丟人，我也不怕受累。」沒想到母親斬釘截鐵：「不許胡思亂想，別說現在國家有政策管分配，你盡可以耐心等待機會，就是真的一時半會兒找不到工作，家裡也養得起你！」

最靠譜兒的一次「說夢」，主意還是我出的，至今我還認為我的主意正，如果渝和芳聽了我的話，說不定我們就是京城第一家私立幼稚園的開山鼻祖，我老人家如今也應該桃李滿天下了。

我有那麼多「自主就業」的點子，除了因為愛想入非非，最重要的是我家自己有個院中院，這個獨立的小院子估計得有一百多平米，除了有一棵大柳樹和母親養的花花草草，什麼都沒有，非常安靜寬敞。有一次，我們仨又聚在一起胡侃神聊，我就把我考慮很久的，辦一個小小的高端幼稚園的想法跟她們說了。我說，我可以教孩子們唱歌跳舞畫畫兒和學歌謠學剪紙，給孩子們講故事。芳可以教孩子們彈鋼琴，學數學學識字，渝適合做園長、管理者和會計，讓我家D先生或芳的F先生（他倆也是知青，只是D先生還沒返城）可以當採買和給孩子們做飯，他倆都是做飯高手，煎炒烹炸都不在正經廚師的話下。至於場地，這個小院子就可以好好設計改造，大有用武之地。我興奮地說，就憑咱仨的學識和愛心，保證大受歡迎，一辦就火！仨人越扯越高興，甚至開始給幼稚園起名字，決定各取三個人名字中的一個諧音字，我說就叫「芳香雨」吧，多詩意浪漫！芳說，「雨」應該改作「語」，叫「芳香語」畢竟我們是學校嘛，讓人一聽幼稚園的名字，就知道，這裡的老師有文化，語言都能散發出芳香，孩子們還沒進幼稚園就醉啦！她剛剛說完，我們仨就又沒心沒肺地哈哈哈笑起來沒完，至於這個計畫要不要進一步討論實施，就再也沒有下文了……

再後來，芳因為鋼琴彈得好，直接進了中央歌舞團；渝通過自學電大財經專業，也脫離了街道小廠，考進了某知名大型央企，成為高管；我則先進了中藥店，幹了兩年，最終應聘進了政府職能部門，成了國家公務員。但是這一段癡人說夢的日子，每每想起來，我們仨都非常感慨甚至悵然若失，因為那時候的我們還那麼年輕，還愛白日做夢，而有夢的人生永遠是溫暖快樂和值得懷念的！

一封無法發出的信

北京

你是誰？是那個在我少年記憶中，每天中午偷偷溜進我家院子裡，又靈活地爬上樹，偷摘桑葉的小男孩兒？是那個摘完桑葉還不肯走，提著小小竹筐駐足房東蓮姐姐屋簷下，凝神靜氣地聽她彈琴的小男孩兒？是那個在胡同裡和一群男孩子踢足球，推鐵圈兒，彈球兒，拍洋畫兒，打雪仗，又追著我往我身上扔雪球的搗蛋鬼？是那個不知不覺間長成英俊少年，夏天的晚上，整晚整晚在自家門口吹口琴的少年？

隱約知道你住在與我家隔幾個門兒的一個朱漆大門的獨門獨院兒裡，除了經常看到你淘氣的身影跑進跑出外，似乎從未見到過有別人從那個神祕的大門裡出入……再說胡同裡的孩子們很多很多，沒有誰會關注其他大院裡孩子的情況……只是忽然間那個爬樹摘桑葉的男孩兒不再來了，只有夏天晚上偶爾飄盪在胡同裡的口琴聲……

不知道過了多久，只知道樹葉綠了又黃了，花兒開了又謝了，我們突然間就都長大了……突然間你又出現了，有時能看到你騎車從我家路過的身影，夏天的你曬得黑黑的，穿著雪白雪白的圓領衫，冬天的你，似乎並不怕冷，常常穿著絨領短款棉外衣，背著一雙黑色溜冰鞋，和我們那個年代的中學生一樣，健康單純且朝氣蓬勃！

就這樣，你一直若隱若現地出現在我的視線裡……

你真正的消失，是在那場史無前例的浩劫中，我們從小生活，玩耍，居住的胡同在一夜之間，被徹底顛覆了，一批一批的紅衛兵，造反派，分頭湧向各個大院，他（她）們穿著褪色的黃軍裝，腰裡紮著皮帶，臂戴紅袖章，騎著翹把自行車，肆無忌憚地出入各個院落，他（她）們抄家，拿皮帶抽人，他（她）們打砸搶，開批鬥會，他（她）們把從各家各戶抄家的財產和大批的古書線裝書統統裝上卡車，運到不知什麼地方去，他（她）們把所謂的「地富反壞右」，「牛鬼蛇神」們像捆粽子一樣捆起來，丟到卡車上，遣返農村……當然這還應該算「幸運」的，因為還有很多沒有活著逃過這場浩劫當時就斃命的人，就像我家院子裡的房東婆媳，僅僅兩天就在光天化日之下被活活打死了。

＊＊＊

永遠忘不了那個可怕的夜晚，我看到你家的院子裡火光沖天，許多臂戴紅袖章腰紮寬皮帶男男女女的紅衛兵在你家大院進進出出，恐怖和擔心瞬間擊垮了我，我彷彿看到你被打被捆甚至被扔到卡車裡……從此我不敢再往胡同東頭望，不敢再從你家門前走過……

不知道又過了多久多久，印象中似乎過了一個漫長的世紀，突然有一天，你的口琴聲又響起，記得那是一個深秋的夜晚，院子裡秋風瑟瑟，樹影搖曳，那些憂傷的曲子似是在傾訴著什麼，那優美的，悽楚的，幽怨的琴聲，在我們並不寬敞的小街上飄啊飄啊盪啊盪啊，彌漫在秋夜清冷的空氣中，令我的心充滿著深深的憂傷和惆悵，小小年紀的我，居然就有了心碎的感覺……我沒有走出院門，因為我實在沒有那個膽量……

再後來，因為院子裡打死了兩個人，西屋裡的一對隨傳作義起義的康姓老夫妻也被連人帶家抄檢一空，五花大綁地拉走了，偌大一個院子就剩下母親帶著我和弟弟，院子裡開始鬧鬼，晚上黑洞洞的院子裡總是聽到房東老太太的嘆息聲，甚至一天夜裡，我聽到老太太敲我家門，討水喝……這個院子實在住不下去了，我們於是搬家了……

沒多久，轟轟烈烈的上山下鄉運動開始了，我們這一代剛剛經歷了文革浩劫失學在家的中學生們，面對著共同的命運：離開北京，離別父母家庭，到農村去，到邊疆去，到祖國最艱苦的地方去，接受貧下中農再教育，進行脫胎換骨的改造……

記得有一天，應該是一九六八年的夏天吧，一個陌生的男孩子敲開了我新搬的家門，慌慌張張遞給我一封信，說了一句「不管你願意不願意，都一定要去一趟給個回信兒啊」，就匆匆跑了。信封上清清楚楚寫著我的名字，看來是個熟人，我很納悶兒，是誰啊？送信的為什麼不是郵遞員？我遲疑地小心翼翼地拆開信，一篇雋秀的鋼筆字映入我的眼簾，信的大意是：我們都面臨上山下鄉的命運，與其等待學校分配，不如我們自己選擇下鄉的地方，到我的家鄉去。

我的家鄉在江蘇一個山清水秀的小村裡，遠離鬥爭和喧囂，且有外婆舅舅小姨的關照，會少受些苦，現在我和三五個同學好友正在策劃去家鄉插隊，邀你同去，雖然唐突，但是我相信你知道我是誰，請一定於某日參加小型商討會。落款是「吹口琴的男孩」。

我的第一個反應是驚喜：你活著！你沒被打死！甚至發現自己心裡居然下意識的還為你擔著心而難為情。第二個反應是不解：我們從未說過話啊，甚至沒有正經打過照面，當然在家門口，胡同裡，在什剎海溜冰和游泳時，時不時會不期而遇，可我根本不知道你姓甚名誰，在哪裡讀書，怎麼可能和你去插隊？那豈不是瘋了？結局可想而知，我沒有如約而至，那封信也被我交給了母親，母親說：「你哪裡也不許去，就在家裡待著，父母養得起你。」

唉，天真的母親啊，你養得起女兒，可你留得住女兒嘛？洶湧澎湃的上山下鄉運動，席捲了每一個大中小城市的每一個家庭，您哪裡有力量有膽量螳臂擋車啊？接下來的我去了北大荒，投奔了已經早我一年下鄉的弟弟，而且這一去就是十年。

***

大約是八〇年代的一個冬天，我已經返城回到北京，有了工作。一天，區裡在地壇公園齋宮搞了一個名家書畫活動，我和幾位同事被抽調去服務，我們的任務就是給畫家書法家沏茶倒水，伺候筆墨硯臺，幫助壓紙什麼的，很有意思。那天以畫貓馳名的老畫家孫菊生老先生也現場揮毫作畫，因為孫菊生曾經和我爺爺有交往，送給我爺爺兩張工筆的貓，一張黑貓，一張黃貓，真的是活靈活現，栩栩如生，我現在還隱約記得畫上的題字，黑貓是：「彷彿宣和耄耋罔，霜枝掩映葉扶疏，東籬無限秋光好，正是花開九月出」。黃貓是：「秋光澹蕩最宜人，眾菊蕭疏不染塵，葉底狸貓雙睡覺，伴花小臥亦精神」。落款是「景文先生教正，孫菊生並題」。因為想借機問他可否還記得我爺爺，我就一直在孫老先生的大條案邊服務，可惜他一直答非所問，竭力回避這個話題，我也就識趣地閉嘴了。

似乎是下午四點鐘光景，活動結束了，大殿外面飄起了小雪花兒，空氣清新而寒冷，蒼松翠柏在飄飄忽忽的小雪花兒中有一種靜穆的美，偶然傳來的幾聲烏鴉叫讓我有一種不祥的感覺。我和幾位同事結伴兒走在地壇公園裡，準備回局。突然後面有人喊我：「子蘊，請留步！」大家回頭一看，這不是剛才介紹的青年書法家熹嗎？他怎麼認識我？不等我回答，他又說：「我們借一步說話好嗎？」同事們看到他手裡拿著一卷畫，又直呼我名兒，立刻相互擠眉弄眼開玩笑：「走吧走吧，咱們先走吧，別耽誤人家正事兒！」

看到我滿腹狐疑的樣子，熹反問我：「你還記得我嗎？我是六八年曾經替你的鄰居給你送過信，邀請你一起下鄉插隊的熹呀！」只這一句話瞬間打開了我心底塵封的記憶，我當然記得，我怎麼能忘記那個吹口琴的男孩子啊！我激動地說：「我記得的，記得的，但是不記得你長的樣子了。」「你變化不大，你一進大殿我就認出你了。」熹很健談，可以用滔滔不絕來形容，我們邊說著邊在地壇的松林間穿行：「知道嗎，覺，就是你的鄰居，那個吹口琴的男孩兒，他死了，病死了，他一直沒結婚，身體不好，抑鬱寡歡，最後客死他鄉……我們倆無話不說，是最要好的朋友。」熹說著，眼圈紅了：「我一直在找你，我想應該讓你知道。」

事隔近二十年了，這二十年我們這代人吃盡了苦頭，至今仍在拼搏，不少人沒有熬過來，但是你的死，我仍大感意外，內心五味雜陳，很難形容那複雜的感情。

原來，抄家那天，因為你的反抗，被一群紅衛兵群毆，連踢帶打，內臟受傷，從此經常胸痛吐血，用熹的話說，成了廢人。那次邀我一同插隊回鄉，實際上也是因為你父母都是民主人士，在老家有些根基，想讓你回到山清水秀相對安靜偏僻的小山村，邊插隊邊療養，有親友的照顧，好平安度過那個可怕動盪的非常時期。沒想到你的信送到我手裡如同泥牛入海，根本沒有回音，「這事兒對覺打擊很大，讓他雪上加霜。」熹難過地責怪我。我一直低頭默默聽著，沒有為自己辯解。熹說：七十年代末，你被在美國定居的大伯接走了，走前你們倆還試圖聯繫我，但是去過我後來居住的老宅多次，我家小跨院兒一直大門緊鎖……

熹告訴我，你很有才，是某男中六七屆高中生，喜文學擅書法愛音樂，你清高孤傲，性格倔強，不大與人交往，一直生活在自己的世界裡。「我一直以為你們倆是戀人，後來才知道，你們連話都沒說過，我埋怨他，你既然心裡有她，天天在人家門口轉來轉去，為什麼不大大方方向人家表白，真是書呆子！」熹一直在責怪你。可你對熹說，你相信我心裡也有你，你吹口琴時，常常看到我的影子，即使我不出來，你也感覺得到我在聽……「我一直希望你們能成，一直自告奮勇幫他找你，你搬家的新地址就是我打探到的……他這麼年輕就死了，是因為內臟多處受傷，又抑鬱寡歡無人傾訴，他父母為了給這個寶貝兒子治病，遍尋名醫，也沒有留住他的生命……」說到這兒，熹眼圈兒又紅了……

小時候，因為你，我曾有過心碎的感覺，此時，只覺得心口疼得鑽心，心痛欲裂，卻沒有眼淚，在越下越大的紛紛瑞雪中，我眼前一直晃動著你青春健美的影子，耳邊迴響著你憂鬱的口琴聲……

熹送給我一幅他剛剛給我寫的字，「若把西湖比西子，淡妝濃抹總相宜」。我請他先走，讓我一個人靜靜地待一會兒，我靠著大樹，在大雪中把字畫一點一點地撕成碎片，扔向空中，看風捲著雪花夾裹著宣紙在空中飄蕩，任眼淚在臉上肆意流淌，用這種方式祭奠你，我心中那個不該離去的英俊少年，我託純潔晶瑩剔透的白雪把我的心裡話捎給你：「吹口琴的男孩兒，這許多年來，你一直在我心裡，從未忘記，你在口琴聲中的傾訴，我都聽懂了，你在我心裡一直是一個聖潔的健康的朝氣蓬勃的帥男孩兒，永遠都是……」

我一直想寫信給你，但是我沒有勇氣，今天我終於寫了，明知道無法發出，我還是寫了，我始終相信善惡終有報的真理，相信終有一天，那些奪走你和許多無辜青年生命的殺人犯會得到懲罰，他們的心靈將永世不得安寧……

我用這封無法發出的信祭奠你，寄託我的哀思，控訴那個瘋狂的喪失人性的年代，我希望這一段歷史不要被遺忘，被篡改，被掩埋，我祈禱歷史的車輪不要倒轉，我相信噩夢醒來是早晨……

我的地壇情結

北京

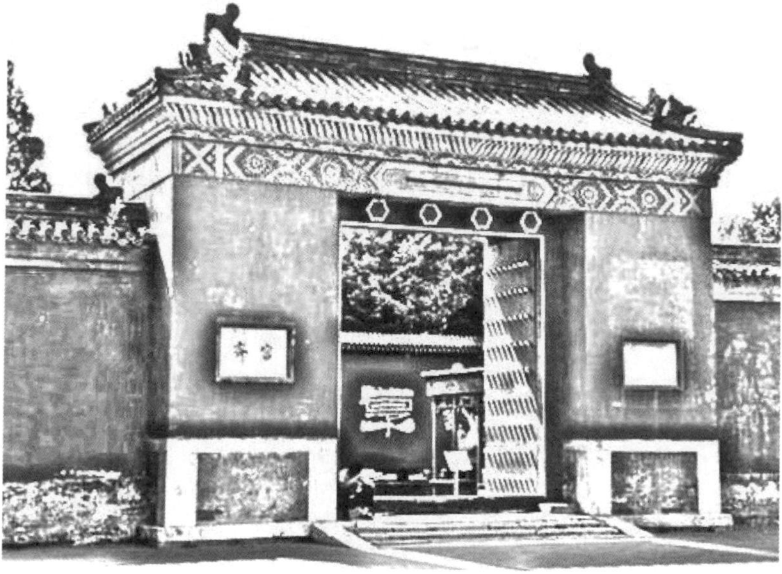

北京的公園、寺廟那麼多，我獨鍾情於地壇公園，到底因為什麼，連我自己都說不清。是喜歡它的古樸幽靜？它的有著四百多年的歷史傳說？還是喜歡它滿園的參天大樹，古老的蒼松翠柏？當我拿起筆來，想寫寫地壇公園時，我問自己，地壇的魅力究竟在哪裡，讓我如此迷戀和留戀它？下雨天，我會在上下班的路上，冒雨穿過地壇，為的是聽雨點打在樹葉上的嘩啦嘩啦的聲音，聞雨中松柏飄散出的清香味道……下雪了，我要繞道地壇，看雪花飄飄搖搖在空中追逐，嬉戲，最後落在枝繁葉茂的參天大樹上，忽然之間這翠綠世界就變成了銀白色的童話世界，而置身其中的我，會感受到大自然那種靜謐那種神祕和那種空靈幽遠的美好意境……

鍾情地壇，說到底，其實還是因為地壇和我的生活軌跡不時重疊，和我的人生經歷息息相關，那裡承載了我太多的回憶，太多的故事與情感……

地壇呈現在我腦海中的第一個鏡頭是五〇年代末，我們全家剛剛回到北京的那一個秋天：父母帶著我們兄弟姐妹逐一遊覽北京的名勝古跡，因為我家住在安定門，第一個去的公園自然是地壇。那時候的地壇很破敗，斷壁殘垣，寒蟬淒切，偌大的公園幾乎沒有人跡。父親給我們講地壇的歷史，告訴我們，天壇是古代皇帝祭天的地方，而地壇是古代皇帝祭地的地方，但是我看著遍地的萋萋荒草，偶爾從樹叢中竄出來的，不知道是刺蝟還是黃鼠狼，想到的卻是姥姥講給我的《聊齋》裡的鬼故事，小小年紀，心裡湧動著的卻是一種蒼涼恐怖的感覺……那是我離開繁華熱鬧的海濱城市天津，對北京的第一印象：一個歷史悠久，陳舊古樸，博大精深，到處都是古跡，處處都有故事的神祕的文化古都。

喜歡地壇，自然會關注它的來龍去脈：地壇始建於明代嘉靖九年（一五三〇年），自西元一五三一年至一九一一年，先後有十五位皇帝在此連續祭地三八〇多年，直至一九二三年，被黜清帝溥儀首次開放地壇，並闢為「京兆公園」，一九二八年改稱市民公園。因為是皇帝祭地的地方，地壇的建築風格自然會和天壇一樣，遵循古代「天圓地方」、「天青地黃」、「乾坤」、「龍鳳」等傳統思想來構思設計的。每年的夏至皇帝都會在此祭祀皇地祇神，以祈求風調雨順、五穀豐登、國泰民安。我想，既然是祭祀神祇的地方，無論祭天祭地，肯定是風水極好的地方，因此心中不免生出幾分敬畏。

有時候我會覺得自己是個怪人，別人喜歡富麗堂皇，繁榮熱鬧，我卻偏偏獨愛未被修葺前的斷壁殘垣、破敗淒涼、荒野味道十足的老地壇。我想，這應該歸咎於我的父母吧？誰讓他們總是給我講那些令他們縈繞於夢的家族和自身的故事呢？誰讓他們遺傳給我多愁善感，胡思亂想的秉性呢？

對地壇的回憶星星點點，很多很多，最難忘的，應該是九〇年代末，我因為工作需要，受命在地壇租賃場地，搞職業介紹和就業工作。最開始我們租賃的是宰牲亭，那是古時候宰殺牲口的地方，陰氣很重，似乎太陽從不照進我們的院落。整個院子，占地面積一三二四平米，建築面積五二二平米。前面的大殿是搞職業介紹的地方，大殿後面的一間非常高大的房間是我辦公的地方。說高大是因為房頂非常高，沒有封頂，粗大的已經發黑的房樑和椽子都裸露著。房間裡很暗，白天也得開著燈。因為工作壓力大，非常繁忙，幾部電話響個不停，我倒沒有閒暇時間害怕。奇怪的是，每天無論早晚，總有幾隻鳥兒，應該是杜鵑吧？不時在門前大樹的枝頭上叫「光棍兒好苦」、「光棍兒好苦」，聽起來很有幾分悽楚，讓我不由想起小時候聽到的母親講的神話故事。我也曾經多次悄悄走出門，仰頭往樹上看，想看看這故事中，因為懶惰而娶不上媳婦，由農夫變成的鳥兒長什麼樣子。但是無論我多麼小心虔誠，始終沒有看到鳥兒的影子。

有意思的是，冬天的時候，杜鵑不再叫了，卻換成了烏鴉。烏鴉可不避諱人，撲棱著黑色的大翅膀，從早到晚呱呱叫起來沒完，我跑出辦公室對著它們跺腳，發出噓聲也無濟於事。我這個人很迷信，總覺得烏鴉當頭叫，是不祥的預兆，肯定沒好事。我甚至對著烏鴉喊：「嗨，夥計，這裡都是活人，沒有給你吃的東西，你們不要再呱噪啦，趕緊飛遠點吧！」沒用！成群結隊的烏鴉還是照來不誤。看門的老頭覺得我癡得可笑，勸我：「您別跟它們較勁兒啦，這裡是宰牲口的地方，陰氣重，幾百年都如此，不會因為您來了，烏鴉就飛走了，這是風水的關係。」我愕然！

應該是一九九八年夏天吧？有一天下午，毫無徵兆的，天忽然間就黑了下來，一道閃電撕裂天空，緊接著轟隆隆的雷聲滾過，天就像漏了一樣，瓢潑大雨傾盆而下。整個宰牲亭黑壓壓一片，伴著霹靂閃電，恐怖至極，似乎世界末日到了。員工們都在前面大殿，只我一個人在宰牲亭最後面角落黑漆漆的大房子裡，我想跑到前面去找大家，但是雨太大了，外面什麼都看不見，我沒有雨傘，又害怕霹靂閃電，瞬間心裡閃出許多可怕的怪念頭……正在一籌莫展，前面大殿裡四五個男同事冒雨衝進我辦公室，說是奉全體員工之命，接我到前面去。我二話沒說，立刻和他們一起衝進瓢潑大雨中，跑到前面大殿裡。我一進大殿，大家又是鼓掌又是歡呼，好像我是從災區被搶救出來的人，那一刻，我感動得鼻涕眼淚橫流，我對大家說：「反正什麼都幹不了，我們一起唱歌吧！」於是，五十多名員工，在黑暗中（因為是古建，我們怕雷電引起火災，都不敢開燈），在我的指揮下，放開喉嚨唱起了歌：團結就是力量，團結就是力量，這力量是

鐵，這力量是鋼……

這一年的冬天，我們在異常寒冷的條件下辦公，因為是古建，不能有明火，也沒有暖氣，我們都披著厚厚的棉大衣，手邊放著熱水袋。但是因為我有一支非常敬業的優秀團隊，大家吃苦耐勞，深入到所有企業和用工單位調查情況，作就業形勢分析，並且因地制宜，採取相應對策。在大家的努力動員宣傳下，幾乎所有用工單位都來參加我們的招聘大會，在我們這裡設桌招工，求職者更是聞訊而來，昔日人跡罕至冷清的宰牲亭，忽然間人聲鼎沸，摩肩接踵，人頭攢動。很快，小小宰牲亭就裝不下我們了。於是，經過多方努力協商，在經歷了在宰牲亭一年的奮鬥後，我們全體員工大搬遷，來到了陽光明媚的風水寶地——地壇齋宮。

齋宮的面積非常大，相當於宰牲亭的五、六倍之多，占地八一七九平米，建築面積一七〇九平米。這裡天高地闊，氣勢恢宏，氣場非常強大。其西大殿是主殿，南北有兩大配殿。南殿後面一個夾道兒，靠南牆一溜兒廂房，靠北牆一溜兒柿子樹。秋天一到，金燦燦的柿子掛滿枝頭，真是美不勝收。想想也是，這裡曾經是皇帝大臣們祭祀神祇用餐的地方，風水能差得了嗎，自然是吉星高照，和諧吉祥的寶地。

在齋宮工作的那個階段，實在是我人生中非常美好的時光。這裡一年四季陽光普照，清氣宜人。最不可思議的是，烏鴉從不光顧這裡，倒是喜鵲嬉戲的天堂。每天清晨，當第一縷晨光灑向齋宮時，嘰嘰喳喳的喜鵲們就來了，它們或盤旋在大殿前，或落在地上和枝頭上，再加上熠熠生輝的紅牆黃瓦，真是讓你切身感受到什麼叫皇天后土，天地祥和。北殿前面有兩棵高大的百年白玉蘭樹，每到春天，玉蘭花開時，花瓣伸展，青白相間，迎風搖曳，香氣襲人，有很多專業攝影師和外國人特地前來觀賞拍攝照片。據說玉蘭花代表著報恩，她散發的芳香氣味沁人心脾，令人迷醉，甚至讓人有一種感恩之心，不信你想想，你可曾見過有人隨便採摘玉蘭，都是觀賞欣賞由衷讚嘆而已。

那時候我們的工作也是搞得有聲有色，除了日常的招工洽談，每週都有大型的專題或者行業之間的人才交流活動，甚至搞大型的政策諮詢，為企業及個人答疑解惑普及勞動法，教給勞動者學會如何保障自己的合法權益，每天要接待幾百甚至上千人，真是人氣旺盛，熱鬧非凡。因為我們安排有序，倒是忙而不亂，大家都享受著繁忙工作的充實和快樂。最有趣的是不用炒作，報社、電臺、電視臺蜂擁而來，因為我和我的兩位搭檔都是女性，也成了媒體炒作的熱點，報紙廣播居然用《三個女人一臺戲》為名報導我們的職業介紹就業工作，甚至請我們仨到廣播電臺聊天並現場直播。

有一次，外交部讓我們接待一個六七十人的外國考察勞動就業的團體，除了參觀之外，主要是座談。因為我這個人頭腦裡條條框框不多，也不會說官話，就是你問我答，實話實說，再加上我平時特別愛開玩笑，所以那次接待氛圍很好，非常輕鬆。我記得最逗的是，會議快結束了，一位外國朋友問我：「您覺得你們職業介紹搞得這麼成功，最重要的原因是什麼（大意如此）？」我居然想都沒想，信口開河：「您知道我們北京有一個天壇，一個地壇，天壇祭天，地壇祭地，天壇為乾，地壇為坤，天壇為龍，地壇為鳳。您不信抬頭看看牆上的彩繪，樑上的圖案，無一不是鳳凰圖騰，按照中國傳統說法，男性為龍，女性為鳳，而我們三位帶頭人全部是女性，契合了鳳凰騰飛的寓意吧，所以我們的工作搞得紅紅火火，熱火朝天！」當翻譯把我的話翻譯給老外們聽了後，全場哄堂大笑，接著給了我熱烈的持續不斷的笑聲和掌聲……事後有關領導批評我膽大包天，不分場合開玩笑胡說八道，我卻不以為然，我說：「沒辦法，我就是這秉性，腦子不夠用，不會說官話套話，再說我就是一幹活兒的，你們非得要我登大雅之堂，沒給你們惹漏子，你們就偷著樂吧！」倒是外交部的人對我評價很高，說老外們非常欣賞我的詼諧幽默，還開玩笑說，鳳凰可否飛出國外去交流交流……

在地壇工作了五年之後，政府批給了我們固定的現代化的辦公場所，我們依依不捨離開了齋宮，離開了我最喜歡的工作地點，讓我魂牽夢繞的地壇。

＊＊＊

晚年的母親家就住在安德路，過了安外大街的馬路就是地壇。我退休後，經常陪母親到地壇散步。地壇有一個非常突出的特點就是古樹眾多，光是百年以上樹齡的就有一百七十五株之多。在高大威武雄壯霸氣的參天古樹下，你會覺得自己的渺小和卑微，會對這些見證了歷史興衰的古樹充滿敬畏。特別是方澤壇外有三株古柏，被稱為將軍柏，分別的稱謂是：老將軍（幹圍四．八米）、大將軍（幹圍五．一五米）、獨臂將軍（幹圍三．一六米），它們都是明清兩朝栽種的。母親說，這幾株古樹已經成精了，它們是樹神，應該要參拜的，在樹下不要大聲喧嘩，應該以虔誠和敬畏之心對它們。我逗母親：「給牛郎織女做媒的老槐樹就是樹精，您說，如果咱們跟這幾位將軍樹說話，它們會不會也開口啊？」母親笑笑說：「你這樣的癡人跟它們說話，興許它們會開口的！」嚇得我在樹下再也不敢吭氣兒了。

秋天地壇西門內的銀杏樹林，堪稱北京市一大景觀。高大挺拔的銀杏樹上，綴滿了金燦燦的樹葉，溫暖的陽光透過樹枝撒在鋪滿黃色、桔色樹葉的大道上，猶如一條金光大道。孩子們在銀杏樹林裡追逐打鬧，年輕人捧一把樹葉撒向天空……我陪母親坐在不遠處的長椅上，看著這溫馨美好的一切，享受著母女相依的幸福。陽光溫柔地撫摸著母親美麗的臉龐，傾灑在她身上，母親就像一尊安詳的女神，這一幕永遠定格在我的心上。

天津

洋樓
海河
故鄉愁

可奈年光似水聲

（天津）

／謝國華

如果從鴉片戰爭算起，隨著西方列強的入侵，隨著外來文化的不斷滲透，隨著國內外移民的大量湧入，中國的一些沿海口岸，逐漸形成了不同於內地城市的社會階層或社會群體，新與舊，中與西不同的文化，不同的價值觀念和生活方式，最先在這些新興的沿海口岸中碰撞、交融。碰撞、交融的過程，加快了這些口岸的近代城市的發展步伐。到了上世紀四五十年代，這些沿海城市，已經形成了有別於內地也有別於西方的城市景觀、社會風情和城市文化，造就了中國近現代一段獨特的文化，影響深遠，很值得後人去研究。所謂「說不完的上海灘」，就是對那段歷史的不斷地陳述和思考。

每一個時代或時期，都有自己特有的不可複製的文化現象。對已逝去的時代不瞭解，往往是「一個時代誤解另一個時代」的原因之一。因此，客觀、真實、中肯的回憶錄，就是對歷史的一種補充。

上世紀五十年代的天津，依然還有中西文化碰撞、交融後的那種帶有「津門味」的文化風情。子蘊的「天津系列」，記錄的那些生活細節和軼事，正是那個特定時期的真實寫照。你看，相聲、評書、快板、單弦、京韻大鼓、梅花大鼓、西河大鼓、京東大鼓、天津時調完全可以與家庭舞會、老式留聲機、三〇年代的情歌和西洋舞曲相安共存；旗袍外面罩一件西式的開斯米羊毛衫或者短款的西式外套，中西合璧，別有一種風情，高雅無比。服裝的這種中西融合，就是文化的一種融合。五〇年代的兒童遊戲，也是當時社會文化風情的一部分。滾鐵環、彈球兒、拍洋畫兒、打彈弓、抽嘎嘎、彈球兒彈、跳繩兒、跳皮筋兒、跳房子、拔根兒、「過家家」等等，現在的孩子還玩嗎？不但不玩，甚至連聽都沒聽說過。當然，現在的孩子不玩這些，不說明現在的孩子生活就無趣了。不同的時期，有著不同的文化風情，已經逝去的無法複製，新的文化形式不斷湧現，這才是常態。我說當年這些兒童遊戲是文化，絕非拔高，「猴皮筋兒，我會跳，三反運動我知道，反貪污，反浪費，官僚主義我反對！」不是文化嗎？還有那些伴隨著遊戲的兒歌、民謠不就是文化嗎？

正因為有了這樣的文化內涵，「天津系列」才耐看。如果說，這就是「鄉愁」，那麼，這「愁」字，是滿滿的「情」，是久留心底的暖流。

「天津系列」裡那些童年生活的有趣花絮，始終飛揚著這種「情」，這是那個年代深烙在子蘊心間的文化風情，之所以不能忘情，是因為這「鄉情」涵淹卵育了她純然的童心。這些「鄉情」，來自於長輩們講的故事，來自於那些民間的神話傳說，來自於童時玩的遊戲，來自於那些看過的連環畫、戲劇、電影，聽過的曲藝，走過的街巷和住過的房子。

「天津系列」特意寫了「洋房」，因為「每一座洋房都在喁喁述說著自己的故事」。城市的建築就是城市的歷史記憶，每一座樓房都是一段特定文化的凝固。譬如當年上海的石庫門，廣州、廈門的騎樓，青島的劈柴院等都是中西結合，各具特色的「民國建築」。雖然它們無言，訴說的卻是一段文化交融的歷史，薰陶著來來去去的住客。即使這些老樓被拆除了，但它們所見證的歷史和文化早已成為了一代人的集體記憶。

「天津系列」回憶了五〇年代的天津教堂，觸及到了近代中西文化對峙、碰撞的問題。鴉片戰爭後，西方的天主教和基督教被殖民主義者所利用，充當了侵略的工具，一些西方傳教士扮演了不光彩的角色。佩服姥姥的見識，短短的幾句話把近代西方宗教對中國的影響、滲透，甚至罪惡說透了。她說，他們這些人「根本不信有上帝，他的所謂信仰是有目的做給別人看的。」說得何其好！歷史已經證明了這一點。最初來中國的「傳教士」們，相當多是間諜，德國侵佔青島前，是「傳教士」先勘察地形，選址，提供情報的。

「我問姥姥，神父不怕上帝懲罰嗎？姥姥說，他不怕。姥姥告訴我，一定要把宗教和傳播宗教的人區分開認識，一定不要迷信任何人，看一個人好壞不是看他說了什麼，而是看他做了什麼。」「神父中間大多數人是好的，但是也有比魔鬼還壞的壞蛋。」

姥姥晚上不准孩子們到西開教堂附近玩耍，說那裡經常鬧鬼，並「告訴我，西開教堂在民國時期有一個神父，這個神父是個德國人，長相十分醜陋，他十分殘忍，常常購買窮人家的孩子，然後把這些孩子殺掉，煮湯喝。後來雖然神父遭到報應，被吊死在了教堂外的一棵樹上，但是那些冤魂不散，晚上常常有孩子們淒厲的哭聲……」

這就是「天津教堂」凝固的一段帶有血腥氣的歷史。

上世紀五〇年代後期，社會的風煙，在幼小的子蘊心裡留下了不能忘卻的記憶：那位「模樣像知識份子，每天低著頭進進出出的，從不和人說話」的劉先生的自殺，夜間的敲門聲，「一個黑影，一蹦一蹦地跳走了」等等，這些，給人僅僅是驚嚇嗎？

＊＊＊

子蘊把五〇年代的這些事如實記錄下來，是對曾經的一種文化風情、社會風情的博物館式收藏。

海河像一條玉帶貫穿天津市區，河水潺潺，長流不止，「可奈年光似水聲，迢迢去不停」。

天津，夢開始的地方

天津

如果說人生是一場夢，那麼於我來說，天津就是我夢開始的地方。在我的記憶裡，天津也是一座夢一般美麗魔幻的濱海城市。

我出生在北京，剛剛滿月就隨父母去了天津。所以當我睜開眼睛看世界，認識這個世界的時候，首先看見的是天津，首先聽到的是天津，天津的繁華，天津的風土人情，天津話的熱情幽默，混搭在一起，一股腦兒湧進我小小的腦殼兒裡，鐫刻在我小小的心靈上，從此如影隨形影響了我一生。

父親先後在天津冶金局、河北省冶金局工作，後來才下放到天津鋼廠財務科工作。而我家也隨著父親工作的變動，先後在天津和平區睦南道，赤峰道，寧夏路住過。我開始有完整清晰的記憶是在寧夏路天津鋼廠宿舍，其他地方都是模模糊糊，似是而非，夢幻一般，所以我的天津記憶應該是斷斷續續的美麗碎片拼接起來的……

直到今天，一想起天津，我就會想起大海，碼頭，輪船，就會想起流經市內的海河，牆子河，想起橫跨海河兩岸的解放橋和金剛橋，解放橋整個橋體都是鋼結構，橋面是一塊塊大木板顫悠悠架在鋼的橋架上，木板中間的縫隙很寬，寬到可以掉下小孩子。我還記得過橋時我會嚇得緊緊抓住父親的手，可又忍不住要看腳下黃黃的翻滾的河水，那種感覺真是令我心驚肉跳眩暈又刺激，永難忘懷。

天津的建築也獨具特色，因為自鴉片戰爭伊始，西方列強就紛紛在天津建立自己的管轄區域「租界」，這些租界就像國中之國，他們按照自己國家的審美和習俗建造洋房，商廈，跑馬場，歌舞廳，西餐廳，電影院，由於在天津建立租界的西方國家達九個之多（為全國之最），所以天津的建築也集英、美、法、德、日、俄、比、意、奧九國之不同風格，這些充滿異國風情，千姿百態，風格迥異的歐式建築，為天津留下了一座永不閉幕的「萬國建築博覽會」。

天津也由此成為展現西方文明和繁華的視窗。以至於我一想起天津，就會想起那些教堂、安靜的街心公園、高大的法國梧桐樹，想起夜晚五光十色的霓虹燈，想起叮叮噹噹穿過鬧市的有軌電車，黃包車，耳畔就會響起廣東音樂《步步高》《喜洋洋》的歡快旋律，因為那些音樂映射在我腦子裡，是和夜晚的綠牌電車道，和馬路兩旁「晚香玉」、「瓣兒蘭」的叫賣聲，和陣陣晚風吹來的花兒的清香連在一起的。

天津的市井生活也非常令我懷念，清晨的天津南市非常熱鬧，記憶中南市的地上總是濕漉漉的，風吹進鼻子裡的味道也混雜著一股魚腥味兒。賣魚的、賣蝦的、賣螃蟹的吆喝聲此起彼伏，這些海鮮非常便宜新鮮，才幾毛錢一斤，每天清晨和姥姥或者母親去逛南市，除了買青菜買魚蝦，母親總會買些青蛤回來，中午煮湯讓我們喝，母親說，青蛤是清眼睛的，天天喝眼睛清亮，尤其女孩子，常喝青蛤湯，眼睛會黑白分明，清澈又漂亮！

去南市買菜，早點必要在南市吃，我最喜歡吃天津的豆漿和炸果子。豆漿濃濃的香香的，裡面半碗像豆腐腦兒似的嫩豆腐，果子（北京叫油條）也炸得脆脆的，一碗豆漿一個果子根本吃不完就被大人催著走路，剩下的炸果子只能抓在手裡邊走邊吃，也怪了，那樣吃反而更香似的。我還特別愛吃天津炸糕，那豆沙餡做得別提多細膩多香甜了，糯米麵的皮兒被油炸得膨得鼓鼓的，特別脆。直到現在，每次開車去天津玩兒，我們都要趕到南市路口去吃早點，吃炸糕，吃天津煎餅，吃豆腐腦兒……但是我不喜歡天津的嘎巴菜，小時候沒吃過，現在也接受不了那味道。

我一直認為五〇年代對於天津來說，應該是黃金時代，其先進繁華和現代化程度，僅次於上海，並且優於北京。我家住在日本租界，房間裡有洗澡間抽水馬桶，有上下水，榻榻米，自家還有個小小的院子，生活非常方便。以至於我們剛剛回到北京時，都很不適應北京的四合院，北京的胡同生活，覺得空間太大，太安靜，特別是天黑以後，秋風一吹，樹葉嘩嘩啦啦一響，院子裡黑洞洞的沒有一點聲音，哪裡有天津的夜晚熱鬧啊！

***

我隨父母遷回北京的時候，已經八歲多了。記得好像是拜倫說的：「呵，幸福的年代，誰會拒絕再體驗一次童年生活呢！」而我的童年就遺落在了天津，現在我要把童年找回來，在回憶中再細細地體驗一次童年的無憂無慮，體驗一次那簡單快樂的童年生活。

故河無蹤

（天津）

天津在我的記憶中為什麼那麼美，為什麼讓我難以忘懷？我想，除了鄉情鄉愁，還因為她是一座被水浸潤著的美麗城市，天津的海河與牆子河，是最早流入我人生，浸潤我心田的河流。

我曾經問過母親，海河到底是海還是河？為什麼又叫海又叫河？母親的回答很詩意，母親說：「你說呢？她在你心裡是海就是海，是河就是河，看你自己的感覺了！」

提起天津，我首先想到的是海河，是牆子河。海河的歷史比天津還要久遠，它上吞九水，中連百沽，下達渤海。天津是個典型的河城，海河從城市中心環繞到濱海，貫穿九個城區，大小三十彎，串起了蜿蜒的七十二沽里。想起天津，眼前浮現的是寬闊的河面上的白帆，是打魚的漁船，是架在河上的大大小小的橋，是耳畔響起的母親的歌兒：「雲兒飄在海空，魚兒藏在水中，早晨太陽裡曬漁網，迎面吹來了大海風⋯⋯」

記得姥姥家剛剛從北京搬來天津時，住在興安路與哈密道交口處，往北走五分鐘就是海河，往南走五分鐘就是羅斯福路。每次母親帶我去姥姥家，五姨都會自告奮勇帶我到海河邊玩兒，那時候的海河沒有石頭砌的河堤，河面非常寬，河對面破敗的平房錯錯落落，掩映在一片片樹叢中，頗有些煙火人家籬笆隔，荒草萋萋人跡罕的意味。河岸上是沙灘，沙灘上有許多碎石和貝殼類的東西。五姨帶我赤腳坐在沙灘上，沐浴著午後暖暖的陽光，我望著遠處的白帆，近處的漁船，心裡暗暗驚嘆天好高地好闊，這世界好大好大啊！

五姨那時候已經讀初中了，她不是用功學習的好學生，但是她酷愛文學繪畫，無師自通，什麼《聊齋志異》《七俠五義》《拍案驚奇》，該不該中學生看的書她都看，一部《紅樓夢》她翻來覆去地讀，裡面的詩詞她倒背如流。因為看書太多，很有些神經兮兮的，且經常被姥姥罵作不長進，五姨並不以為意，依舊我行我素，只我是五姨的崇拜者，鐵桿粉絲。坐在海河邊，五姨經常隨口吟誦古詩，或者說些不著邊際的話，至於我懂不懂她完全不在意，只要我傻傻地聽著，不打斷她的自說自話，她就很有成就感，甚至給我買糖吃獎勵我。

牆子河離我家就更近了，出寧夏路的家門，往右轉，不到十分鐘就到了。據父親說，牆子河是清咸豐十年（一八六〇年），清政府統兵大臣僧格林沁為增強天津的防禦能力，在原天津老城西部和南部挖壕築牆並築起的護城壕牆。城牆在當時稱為「牆子」，而壕溝稱為「牆子河」。歷史上，牆子河全長十八公里，寬八米，水深一．二米，北起今紅橋區小西關通南運河，向東南在今天長江道附近和紅旗河交匯，再向東在海光寺附近和衛津河交匯，然後向東沿今天的南京路至今天解放南路海河中學附近流入海河。可惜幾十年來幾經折騰，部分河段更名為「津河」，部分河段已被填埋，童年的牆子河已經不復存在了。

記憶中，牆子河水清清的（絕不是傳說中的臭河），不緊不慢地流淌著，兩岸的柳樹彎彎的，謙恭地向河水低著頭，長長的柳條兒垂到水面上，好似在和流水竊竊私語。河岸兩邊長滿了高高的，沒過我頭頂的青草。每到春天來了時，最先告訴我資訊的是牆子河水解凍了，接著是小草鑽出了地面，很快地上絨絨的鋪上了一層脆綠脆綠的地毯，黃色的不知名的野花開了，緊接著姹紫嫣紅各色野花爭奇鬥豔般都盛開了。

帶我到牆子河邊玩兒得最多的，除了五姨還有姐姐。姐姐比五姨小不了多少，也上中學了，她們倆到哪裡玩兒都要帶上我，只要放寒暑假或者放學回家，就會馬上接上我，到家的附近玩兒，而牆子河就是我們最常去的地方。她們把柳條和野花編成花環戴在自己和我的頭髮上，在牆子河邊抓蜻蜓捕蝴蝶，姐姐還會把好看的花兒做成標本夾在她的課本裡。有一次我們一起玩兒捉迷藏，結果我太小了，野草沒過我的頭頂，五姨和姐姐找不到我，急得哭了，我卻完全沒有感覺到危險，在草叢裡安安穩穩地坐著，等著，直到她們把我找到……姐姐說，從此她和五姨說好，無論在哪裡，兩個人必須有一個人牽著我的手，不能放開。

夏天的晚上五姨和姐姐也會相約著帶我到牆子河邊玩兒，河邊的路燈是昏黃的，人走在路燈下面，影子忽大忽小，搖搖晃晃的，很神祕。姐姐是班裡的尖子生，學習極刻苦，她經常帶著書到路燈下看書學習，把我交給五姨。五姨為了報復「好學生」，就拉我到河邊，指著黑咕隆咚的水，嚇唬我，說什麼水鬼啦冤魂啦索命啦之類，直到把我嚇得哇哇大哭，姐姐只好跑過來把我接走，並且大聲「斥責」五姨，五姨也並不覺得愧疚，反而得意地哈哈大笑……

我想，人之所以懷念童年，是因為在自己似懂非懂的年齡，記憶了似是而非的事情，這些記憶和自己讀過的書，看過的電影，聽過的故事混雜在一起，最終變成了一個個或黑白或彩色的電影鏡頭，跳躍在自己的腦海裡，撞擊著自己的靈魂，迫使自己寫出來，一吐為快。現在的我，就是這種心情，而我眼前晃動的，就是那些或黑白或彩色的電影鏡頭。

古宅魅影

天津

天津的小洋樓，大都集中在租界地，因為當年畫地為租界的列強有九國之多，所以這些小洋樓的建築風格也形態不同，各具特色，當年它們各自以自己國家的特色和風采示人，爭奇鬥豔，盡顯富麗。這些小洋樓大多坐落在海河沿岸，點綴得這座北方水城更加多姿多彩，嫵媚動人。如今這些具有百多年歷史的歐式建築，歷經戰亂和風雨侵蝕，錯落的屋頂已漸露滄桑，厚重的老牆也已發黑斑駁，但卻愈加顯得厚重和神祕，走在天津的老街上，每一棟小洋樓都是歷史巨變的見證，每一座洋房都在喁喁述說著自己的故事。每當夕陽西下，海風習習，在高大的梧桐樹和馨香的開滿粉紅色絨花的榕樹的映襯下，這一棟棟舊時的洋房更具獨特的典雅和魅力。

據我所知，姥姥家住過的興安路和赤峰道，歷史上都屬於法租界，其中興安路沿海河大沽路直到南市，跨法、日兩個租界。因為姥姥到天津時，首先選址住在興安路，那時候我還太小，所以我對興安路的印象其實大都來自姥姥和五姨講述的故事。許是她們的講述太過生動，許是我的想像力太過豐富，總之現在回想起來，竟覺得這一切就像黑白電影，畫面那麼清晰，自己猶如置身其中，親身經歷一樣。

興安路二一三號，那是怎樣的一棟建築啊！院子好大好大，厚厚的院牆上爬滿了爬山虎，高大的樹木看起來和這棟老宅年齡相仿，茂密的樹葉像一把把大傘，把大院遮蔽起來，太陽透過樹葉將光線星星點點灑進來，落在青草地上，石頭鋪就的甬道上佈滿青苔，走在院子裡，讓人感覺是走在時間的隧道裡，走在民國的故事裡，覺得那一草一木似乎都在說話。

大院中僅兩層的一棟小樓有好大的一個大堂，沒有窗，昏暗的堂頂上掛著一個古舊的吊燈，晚上那吊燈發出的光幽幽的，很瘮人。大堂當中有一個一米高的長長的大櫃檯，把空曠的大堂一分為二。穿過大堂正對著的就是姥姥家高大的房子，一扇大玻璃落地窗，似乎驅走了這個院子裡所有的陰暗。太陽透過落地窗把姥姥家的房間照得亮堂堂暖洋洋的，在這個空落落的深宅大院裡，也只有進了姥姥家我才有安全感。大堂旁邊有一個側門，推門進去是一個昏暗的甬道，甬道的盡頭是一個小小的天井和兩間房子、一個廁所。房子裡住著一位姓劉的單身男人，五姨說他的模樣像知識份子，每天低著頭進進出出的，從不和人說話。姥姥家樓上雖然也住著人家，但是房子多半空著。偌大一棟樓，雖然住著五戶人家，但大人孩子加在一起也就十幾個人，白天晚上連個人影都看不見，整個院子都悄無聲息，且因為一棟小樓全部都是木板地，人太少，樓太空，偶爾樓上掉一點東西，全樓都會聽見「咚」的一聲響，很嚇人。

那時候哥哥姐姐常常結伴去姥姥家玩兒，只母親去姥姥家才會帶上我。記憶中他們玩兒得最多的是捉迷藏，尋寶藏，或者在大堂地上畫畫兒。尋寶藏玩兒的最多，因為大堂裡那個一米多高的大櫃子有很多落滿灰塵結滿蜘蛛網的抽屜，五姨姐姐們就將自己的心愛之物，例如小人書啦，玻璃彈球兒啦，蠟筆、書簽啦藏進去，誰找到就算誰的，哥哥最機靈，每次都能發一筆小小的橫財，加上姥姥特別偏疼他，所以他去姥姥家的積極性最高。

姥姥家住那裡時，恰逢全國上下大搞三反五反運動。五姨說，每天傍晚姥姥家門口都會經過各單位用平板車拉著的或受傷或死亡的人，很恐怖。所以除上學外，姥姥是不准四姨五姨隨便走出大門的。但是這也沒能保護住四姨五姨，因為誰也沒想到，慘案竟然發生在大院之內了。

那是深秋的一天早上，天剛矇矇亮，五姨去洗手間，睡眼惺忪的她，穿過昏暗的大堂，拐進側門，遠遠看見隔壁的劉先生站在那裡，雖然有些奇怪：天還沒亮他站在這裡幹嘛？心裡想著，卻已經走到跟前，剛想從他身邊繞過去，忽然看見地上倒著一個凳子，劉先生兩腳離地，脖子上勒著繩子……這一嚇非同小可，五姨連滾帶爬往家裡跑，一路上大呼小叫「鬼哭狼嚎」，不但驚醒了姥姥姥爺，也同時驚醒了樓裡的幾戶人家……這之後的事情五姨就說不清了，她因為受驚嚇發燒病倒了，意識不清說胡話，把姥姥姥爺急得團團轉。母親去看她，她也不認得，只指著牆上的畫兒說：「韡兒，你穿得好單薄，快來到我被子裡睡吧！」（五姨是《紅樓夢》迷）姥姥急得哭，說這五丫頭的小命恐怕難保了。最終還是我的父親母親把五姨接到我家，請了老中醫給五姨看病，養了好長時間才康復。五姨說，後來的事情她完全沒有記憶，是姥姥告訴她，不用再害怕了，劉先生單位來了好多人，已經拉走了死者，查封了他的房子……

那之後，母親禁止哥哥姐姐再去興安路大院，那個院子裡沒有了孩子的生氣，就更加陰森可怖。晚上秋風蕭瑟，樹影綽綽，鄰居們相互嚇唬，都說看見劉先生的人影在院子裡晃來晃去的，於是乎大家紛紛逃離，姥姥爺家也很快搬到赤峰道的另一個大院去了。

姥姥說，後來，單位特意派了一個膽子超大的工友來看院子。白天還好，每到晚上，那個工友都聽到有人不間斷地敲門，咚咚，咚咚……工友並不理睬，自顧自蒙頭大睡，一時間倒也相安無事。有一個冬天的晚上，工友喝了酒，又聽見敲門聲：咚咚，咚咚……工友氣不打一處來，拿把鐵鍬就衝了出去，一開門，只覺得一股冷氣迎面襲來，遠遠地看見一個黑影，一蹦一蹦地跳走了……

因為這個故事太過駭人，我一直想探個究竟，今年五一期間，我特意回到天津，請求五姨帶我去興安路老房子看看，不料五姨告訴我，興安路早就拆掉沒有了。她說，故人已矣，就讓興安路二一三號永遠塵封在我們童年的記憶中吧！

藤蘿架下

天津

不記得是哪位哲人說的，「記憶是靈魂的書記員」，「虛幻能帶來寫作的靈感」。此刻，當我拿起筆來，那種似是而非，才下眉頭又上心頭的感覺又一次向我襲來，於是，天津赤峰道的一切一切又在我眼前栩栩如生起來……

恍惚中，我又見到了那架高大茂盛的藤蘿架，那一直散發著淡淡清香的紫色藤蘿架，她是那麼安靜那麼美，似乎看淡世事般寵辱不驚。她那高貴典雅的紫色，靚麗而不妖冶，那淡淡的馨香，令我陶醉其中。她的生命力是那麼頑強，一嘟嚕一嘟嚕的紫藤花競相開放，上層的花還未謝，下面的又含苞待放，似乎永不凋零。那一架茂密的遮天蔽日的藤蘿架，曾經是我兒時的庇護所，美麗的童話天地，是我編織美夢的地方。想想當年父親為這架藤蘿用小楷書錄的李白詩，到今天才覺得有多麼貼切美好，「紫藤掛雲木，花蔓宜陽春。密葉隱歌鳥，香風留美人。」

赤峰道是姥姥家到天津後的第二個居住之地。姥爺說天津「赤峰道」很有些歷史呢！它開闢於二十世紀初期，東起海河，西至牆子河，是天津法國租界內一條橫貫東西的通衢大道。兩側樓房大多建於二十世紀二〇——三〇年代。這裡的樓房造型優美，形態各異，內部裝修考究，設施先進，上下水，大浴盆，抽水馬桶一應俱全，住在這裡生活非常方便。姥爺說，民國時期許多有頭有臉的軍界人物，如老北洋系、直系、奉系、皖系等各系別的督軍、軍閥大都聚集在此。光數得出名字的就有少帥張學良，奉系將領張作相，福建督軍李厚基，山東督軍田中玉，廣東水師提督李准，五省聯軍總司令（蘇、皖、浙、贛、閩）孫傳芳，陸軍總長陸錦，福建督軍周蔭人，浙江督軍盧永祥，山東督軍鄭士琦，奉系副帥楊宇霆，天津鎮守史謝雨田，熱河省主席湯玉麟，直魯聯軍總司令張宗昌，三省巡閱使（直、魯、豫）趙玉珂。真可謂群雄薈萃，不可一世。

姥姥家住的院子在陝西路和赤峰道交界，院子很大很大，兩個黑的鐵藝雕花大門分別開在陝西路和赤峰道。打開大鐵門，迎面就是那架芬芳美麗滿枝丫，開滿紫藤花的藤蘿架。大院分前後兩個院落，前院當中是羅馬式大圓石柱支起的古銅色陽臺，陽臺連接的是一棟帶尖頂的小洋樓，繞過這棟呈凹形的樓房，進後院有一個很大的花壇，幾棵高大的棕櫚樹充滿異國風情，花壇裡盛開著各種鮮花，引得蜂吻蝶繞，美不勝收。五姨將身體扭得賽麻花般，嘴裡唱著三〇年代老歌「叫你別走得那麼快，看紅紅綠綠花花朵朵為你開，叫你別走得那麼快，看蜂蜂蝶蝶匆匆忙忙飛過來」，後面跟著我及二姨的孩子小強小玲一隊鼻涕蟲的可笑畫面似在眼前。

主樓後面的五間房，姥姥家和一戶黃姓人家各住兩間半。記得這房子也蠻考究，全部是木質結構，紅樓梯，紅色木質地板，孩子們追逐打鬧，跑起來咕咚咕咚作響，姥姥並不覺得吵，反倒覺得很有生氣，大約是怕了興安路的冷清悽楚吧，總之，姥姥一家都很喜歡這裡。

更讓我們都喜歡的，是每個週末，不知道是哪個主辦單位，都要在這個大院放露天電影，還舉辦過蘇聯電影周。逢到此時，母親會帶著我們兄弟姐妹到姥姥家來，先吃上一頓美餐，再拿著小板凳到大院裡臨時掛上的巨大幕布前「排排坐，吃果果」。大院裡放映的蘇聯電影，多是二戰中反法西斯的影片，或是反映蘇聯人民滿腔熱情建設社會主義的影片，如《棉桃》《三頭凶龍》《曙光照耀著莫斯科》等。彼時的我還不大看得懂那些電影，那麼多片子，到如今我只記得一個鏡頭，那是電影《海鷹號遇險記》，看到潛水夫們在大海裡如魚兒一般游來游去，我覺得很新奇，還有被德軍擊沉的輪船升出海面時，蘇聯士兵們又跳又相互擁抱地高喊「嗚拉嗚拉……」的鏡頭，讓我第一次明白什麼叫勝利，什麼叫歡呼！

藤蘿架下的世界就更加純潔美好了。姥姥看的書多，肚子裡的故事也多，我特別喜歡姥姥講故事的樣子，那麼慈祥，那麼溫暖，和姥姥在一起，我總能感受到她心裡滿滿的愛。晚上，我們幾個小字輩兒，會一個人拿著一個小板凳，圍坐在姥姥身邊，聽她講故事，或者和姥姥一起看星星。那時候的天是那麼高那麼高，深藍色的天幕上綴滿繁星，銀光閃閃，令我遐思無限。姥姥耐心地一遍遍指給我們看：「孩子們，你們瞧，那是牛郎星，那是織女星，那是北極星，南斗是個瓢，北斗是個勺。八角琉璃井是八顆星，因為王母娘娘打水踩掉了一個星，變成了七顆。瞧見沒？那圓形的七顆星就是八角琉璃井啊！」

每年的七月初七，我都會住在姥姥家，姥姥會給我們講牛郎織女的故事，指給我們看哪條是銀河，哪顆星是牛郎，哪顆星是織女……還會誇張地帶著手帕，讓女孩兒留在藤蘿架下，聽牛郎織女的哭聲……我不記得我聽沒聽到哭聲，但是每次姥姥問我，我都會為牛郎織女傷心地哭一陣子，這讓姥姥很高興，她老人家相信，她的外孫女兒真的聽到了牛郎織女嗚嗚咽咽的哭聲……

姥姥做的藤蘿花兒餅也好吃極了，姥爺踩著凳子，從一嘟嚕一嘟嚕的藤蘿蔓兒上捋下那些花朵，用冰糖漬上，然後給我們烙成餅，一張餅切成四牙兒，分給圍著姥姥饞涎欲滴的我和姨表弟妹們，哎，那餅可真好吃啊，自打離開天津以後，我再也沒吃過藤蘿花兒餅了。

＊＊＊

可惜的是，赤峰道的老房子也在文革後期被推倒拆除了，代之以一棟七層的毫無特色的板樓，走在陌生的街道上，我禁不住問自己，他們推倒的僅僅是一棟老房子嗎？！

教堂鐘聲
天津

我喜歡教堂，喜歡聽教堂鐘聲，無論是去東歐還是西歐旅遊，博物館和教堂是我必去的地方。有時為了聽一次教堂鐘聲，我情願放棄其他景點，也要在參觀教堂之後，在附近找一個僻靜的地方，坐在椅子上或者草坪上，閉上眼睛，等待鐘聲響起的那一刻。當教堂的鐘聲終於「噹，噹」地響起時，我會覺得周圍的一切不復存在，心是那麼靜，一切都那麼美好，那種感受真的如靈魂出竅般，我穿越到了遙遠的過去，回到了我童年時的天津：高大的西開大教堂前落滿了被風吹落的梧桐樹葉，黃的，紅的，殘綠的，五姨和姐姐坐在教堂的臺階上讀書，我和一幫小孩子在地上撿樹葉，玩兒「拔根兒」遊戲，那情景就像一幅美麗的油畫兒……

有時候我會想，這世界真奇妙，北京天津咫尺之遙，可它們的城市建築，風土人情，地域文化，甚至說話的腔調兒都相差甚遠。小時候的感覺，天津是個開放城市，是先進的、洋範兒的，北京是個歷史文化古都，是博大精深的，神祕的。

記憶中，北京的廟宇特別多，街道上，胡同裡，隔不遠就有一座，有很多住戶和小學校都是廟宇改建的，比如母親小時候家裡敗落後，住過的鐘鼓樓下的「玉皇閣」胡同，我家從天津回北京後住過的「老君堂」胡同，都是因廟得名。可見民國時期老北京大大小小的廟宇有多少座。

而天津是教堂多，天津老教堂是構成近代天津獨特的文化元素，那是因為第二次鴉片戰爭後，天津開埠，大批外國傳教士湧入天津，他們修建教堂，發展教徒，開辦學校、醫院、孤兒院，用這種方式傳播他們的文化、信仰、理念，帶來了全新的教會文化和西洋文明，這種文化與天津的本土文化的對峙、碰撞、融合，構成了近代天津這座城市獨特的文化元素。

我不知道天津到底有多少座教堂，反正姥姥家附近就有兩座，一座是西開教堂，大人們都叫它法國教堂，是一座天主教堂。西開教堂就在濱江道獨山路原牆子河外老西開一帶。它的建築風格屬於羅馬式，有三個高高的並列的綠色穹頂，每座穹頂上有一個青銅十字架。教堂特別大，內部也十分漂亮，有彩繪壁畫等，可留在我印象中最美妙最奇幻的是教堂的彩色玻璃，那可真是五彩繽紛，華麗至極，太陽照在上面，反射的光都是五彩的，明晃晃的紮眼睛。

另一座是基督教堂，就在山西路與哈密道交口北側。大人們都管它叫山西教堂，也叫它維斯理教堂。據說是為紀念創建者約翰．維斯理而命名的。維斯理教堂建築式樣新穎，別名「八角樓」。禮拜堂內圓外方，堂內矗立八根大圓柱，拱形大圓頂，形成八角形；大禮堂很大，還有一座鐘樓，鐘樓頂端有一個一米多高的包銅大十字架，很是莊嚴神聖。

教堂於我可以說就是另一個世界，一個神祕莫測的世界。小時候的我，經常賴在赤峰道姥姥家不走，住在姥姥家的日子可真是好啊。姥姥特別淵博慈祥熱愛生活，姥姥家的日子並不太富裕，但是讓姥姥過得風生水起，充滿情趣。姥姥出生於中醫世家，她是獨生女兒，小時候的姥姥還讀過私塾，她肚子裡的故事特別多，那時候我覺得姥姥就像一部大百科全書，她好像無所不知，姥姥又特別耐心，對於我這個「十萬個為什麼」，從不嫌棄厭倦。很小的時候我就常常愛一個人待著，胡思亂想，想癡了時，眼睛就對一塊兒了，姥姥就趕緊過來拍我的臉蛋兒：「嗨，嗨，小姑奶奶，回來，回來，又去哪兒神遊哪！」其實那個階段最令我胡思亂想的恐怕就是那神祕教堂了！

我喜歡教堂的鐘聲，傍晚時分，姥姥會帶我去教堂附近散步。每當鐘聲響起，我會不由自主拉緊姥姥的手，姥姥就會說，那是修女們在做晚禱呢，你能聽得出那鐘聲引起的餘音共鳴，有多少故事在裡面嗎！禮拜天，姥姥會帶我去教堂的牆外聽唱詩班的歌聲，告訴我那是唱詩班在唱讚美詩，聖母頌。空靈縹緲的歌聲和著腳踏風琴奏出的音樂是那麼美好和諧，那迴盪在大教堂的歌聲彷彿天籟之音，洗滌著人們的身心。

更令我著迷的是那些皮膚白皙高鼻樑大眼睛的美麗修女們，她們都穿著白色的長裙，也有穿一色黑裙的，頭上戴著白色的「餛飩」帽，似仙女下凡般。有時候她們會三三兩兩結伴出來，偶遇行人或解放軍，她們都會微微屈膝畫十字行禮，非常謙恭。雖然我看她們像畫兒一樣好看，巴不得走近些，可姥姥只

准我遠遠地看看，怕我擾了人家。

夏天的晚上我們常常全家出動，去綠牌電車道逛馬路，在路邊乘涼。中原公司對面就是那個維斯理基督教堂，那教堂是黑色鐵藝大門，門旁邊就是個花房，晚上那裡就有女孩兒賣花兒：晚香玉，瓣兒蘭，茉莉花，鬱金香，紅玫瑰白玫瑰……眼前是盛開或者含苞待放的花兒，空氣中瀰漫著的是淡淡的花香，好不醉人。姥姥和母親會給我們女孩子們一人買一朵瓣兒蘭，那瓣兒蘭穿在一根細細的鐵絲兒上，別在領口或者衣服紐扣上，那香氣就那麼一陣一陣地飄進鼻子裡，讓你暈暈的，有點找不著北……

冬天的教堂就更美了，教堂的圓頂和尖尖的鐘樓十字架被白雪覆蓋著，好一派迷人的銀色世界，教堂周邊安靜極了，靜得能聽到落雪的聲音。那時候經常看見俄羅斯人來做彌撒，她們高大，白皙，穿著裘皮大衣，光著腿穿著靴子，漂亮極了。

當然我也見過神父，僅僅遠遠地看見一兩次而已，神父高高瘦瘦的，穿著黑色長袍，總是低著頭，來去匆匆的。不知道為什麼，我喜歡修女，不喜歡神父，我內心的感覺是他們很陰鬱，令人敬畏。我問姥姥，神父是神仙嗎？姥姥告訴我，他們和我們一樣，都是普通人，也有好人壞人之分。他們到中國傳教佈道，是希望中國能有人信仰天主教，基督教，慢慢取而代之佛教吧！姥姥說，神父中間大多數人是好的，但是也有比魔鬼還壞的壞蛋。姥姥說，為什麼晚上不准你們到西開教堂附近玩耍，皆因為那裡鬧鬼的緣故。

姥姥告訴我，西開教堂在民國時期有一個神父，這個神父是個德國人，長相十分醜陋，他十分殘忍，常常購買窮人家的孩子，然後把這些孩子殺掉，煮湯喝。後來雖然神父遭到報應，被吊死在了教堂外的一棵樹上，但是那些冤魂不散，晚上常常有孩子們淒厲的哭聲……。我問姥姥，神父不怕上帝懲罰嗎？姥姥說，他不怕，他根本不信有上帝，他的所謂信仰是有目的做給別人看的。姥姥告訴我，一定要把宗教和傳播宗教的人區分開認識，一定不要迷信任何人，看一個人好壞不是看他說了什麼，而是看他做了什麼。

也許是小時候家住教堂附近的關係，也許是姥姥的潛移默化，以至於我長大後在看書時，對書中神父的描寫都會不由自主地探究和思考，對人物記憶深刻：比如愛爾蘭女作家艾捷爾．麗蓮．伏尼契的小說《牛虻》中的神父蒙泰尼里，比如美國浪漫主義作家霍桑的小說《紅字》裡的神父梅斯代爾，比如澳大利亞當代作家考琳．麥卡洛的小說《荊棘鳥》中的神父拉爾夫，又比如法國文學家維克多．雨果的小說《巴黎聖母院》中的副主教克羅……無一不讓我想起小時候看見過的神父，無一不令我感慨人性的複雜，多面，偽善和不可思議。

當然，我也因此而更加深愛我的姥姥，感激她讓我的童年充滿奇幻色彩，在不知不覺中教給我許多人生真諦……

都市繁華

天津

天津是一個繁華前衛美麗的濱海城市。五〇年代的天津和平路南市一帶，店鋪林立，熱鬧非凡。那時候的渤海灣，日夜停泊著許多貨輪和小船。城內，白天叮叮噹噹的有軌電車穿城而過，給這個城市帶來勃勃生機；夜晚燈紅酒綠，霓虹璀璨，大街上播放著廣東音樂，穿著時尚的大人們摩肩接踵，談笑風生地在街上閒逛，好一派繁榮昌盛景象。大人們的穿著打扮也非常時髦，款式時尚多樣，有穿旗袍的，有穿布拉吉的，有穿七分褲短款中式襯衫的，真是漂亮。我記得母親穿著藏青色旗袍，領口別一支鑽石的橫八字領花兒，淺藍色高跟鞋。二姨穿著白色鑲藍邊的布拉吉，白高跟鞋。姐倆牽手走在步行街上，真真一道風景，一對美人兒。

天津享譽全國的美食「狗不理包子」、「耳朵眼炸糕」、「十八街麻花」、「桂勝齋糕點」、「果仁張」，都在與我家近在咫尺的南市，現在叫南市食品街了。小時候姥姥或者母親每天早上是必去南市的，要趁著新鮮勁兒買上一天的魚蝦菜肴。早晨的南市真是鮮蝦活魚青菜水果什麼都有，熱愛生活，講究吃喝的天津人在南市吆吆喝喝，挑挑揀揀，討價還價，真是好一派熱鬧祥和的畫面。待到我長大了看到《清明上河圖》時，我甚至想，我要是個畫家該多好，如果把那時候的南市早晨畫成一幅市井風情的長長的畫卷，那該有多生動有趣啊！

一九五八年左右我們全家隨父親剛回到北京時，我很不適應北京的冷清。記憶中天一黑，家家戶戶的四合院大門就都早早關了，胡同裡就只剩下悠悠的路燈閃爍和迴盪在胡同裡小販們高一聲低一聲的叫賣聲，好淒涼。我不解，問父親：「爸爸，為什麼北京是首都，還不及天津繁華熱鬧呢？」父親笑著說：「你要知道，天津可是海與河的聯手奉獻，是一座由航船載來的城市！」為了讓我明白，父親在紙上邊畫圖邊講解：「天津依靠海河水系，南北大運河與渤海灣成為北方的航運樞紐，它得天獨厚的地理位置決定了它最終成為全國貿易口岸和商貿中心。天津早在清朝及民國期間就和世界上許多國家及沿海城市通商，有貿易往來。自從被英美法德日等九國列強強佔為租界地，西方經濟文化思潮不斷衝擊，刺激了民族工商業發展，使天津一度成為北方最大的商業、金融、文化水準最高的都市。而北京是內陸城市，是皇天后土，是歷史非常悠久博大精深的文化古都，兩個城市各有優勢，是沒有可比性的。」父親還特別強調說，我家和姥姥家都住在天津市中心，天津最熱鬧繁華的地段，而在北京雖然也住在內城，但畢竟不是商業街區啊。

天津最繁華的街道是和平路商業一條街，而這條街區離我家住的寧夏路非常近，走路十多分鐘就到了。值得誇耀的是和平路的商業步行街至今仍是全國最長的步行街，比北京的王府井、上海的南京路都還要長許多。在和平路上老店名匾之彰顯，在天津傳統文化發展中也是一大特色，獨具風韻。小時候大院裡的男孩子們都會用地道的天津話說順口溜：「要穿鞋，日升齋，美花鑫的都認買。仁義和，靴鞋莊，物彩華的真是強。要戴帽，北德馨，馬聚源的也時興。售品所，北門東，龍亭商場萬壽宮。大藥鋪，同仁堂，天元字號萬全堂。瑞林祥，瑞蚨祥，綾羅洋布綢緞莊。謙祥益，范永和，欄桿廣貨帶綾羅。北門外，天華泰，元興、裕升茶葉店。」而這些老字號、名牌店很多都在和平路一條街上。今天的和平路，已經成為一條集購物、觀光、餐飲、文化娛樂為一體的多功能的商業街，每當夜幕降臨時，和平路一天中最美最熱鬧的時刻也就來到了。

和平路上雖然店鋪林立，但是給我印象最深的還是百貨大樓、中原公司、勸業場三個最大的商城。那時候父親上班，母親白天參加護士進修班，打字班，晚上還要擔任夜校的掃盲教師，父母一起帶我們逛商場的時候極少，難得的幾次令我印象深刻。

記得那一次，好像父親要調離天津了吧？他接上姥姥一家人，帶著我們兄弟姐妹去逛勸業場。父親指著霓虹燈「勸業場」三個大字，問哥哥姐姐：「知道為什麼叫勸業場嗎？」不等回答就接著說：勸業場有將近三十年的歷史了，剛剛開業時叫法國商場，是中國的一個姓高的大買辦開的，但是被清慶親王載振更名為勸業場，還親自書寫了四大條幅作為辦場宗旨懸掛在場內：「勸吾胞輿，業精於勤，商務發達，場亦更新」。勸業場一直遵循這個宗旨經營，一直經久不衰。父親是一介書生，到哪裡都能有故事有典故講給我們聽，他寫得一手漂亮的毛筆字，後來到家還寫出這四句話來給哥哥姐姐看呢。

勸業場外面有個特別大的櫥窗，櫥窗裡面的塑像和真人一樣大。左邊的櫥窗是一家祖孫三代的全家福，一人一身深藍色的中山裝。右邊的櫥窗也是一家三代，爺爺奶奶坐中央，爺爺白府綢上衣，奶奶鴨蛋青上衣，媽媽穿蘇聯小花布的布拉吉繫著腰帶，白絛邊領子。小女孩穿粉紅色連衣裙，男孩是海軍衫……

現在想起來，當時設立這兩個櫥窗意在諷刺服裝色調的單一，款式的男女不分，按照蘇聯的建議，提倡人們穿著打扮起來吧！

勸業場共分七層：一至三層經營日用百貨、布匹衣帽、鐘錶首飾、文房四寶、舊書古玩及工藝器皿，四至六層是劇院、影院、茶藝和遊藝場所。父親說：天津人不僅講究吃穿，還重視文化生活，喜歡聽戲，喜歡曲藝相聲，勸業場最興旺的時候四層以上曾經有八大天：天華景戲院、天樂戲院、天宮影院、天會軒戲院、天露茶社、天緯檯球社、天緯地球社、天外天屋頂夜花園。勸業場是民國時期那些滿清貴胄，軍閥官吏，名人之後享樂生活的首選，曾經生意興隆，熱鬧非凡。父親之所以知道得這麼多，除了博覽群書，更重要的，父親是京劇票友，專攻馬派老生，還會唱單弦大鼓，拉得一手好京胡，彈得一手好單弦，有一大批京劇曲藝界的朋友和粉絲。

其實我們小孩子去勸業場就是看熱鬧，商品琳琅滿目，眼睛目不暇接，但是自己兜裡一分錢沒有，也沒有權利選擇和花錢，但那也擋不住我們的興奮和熱情。

浩浩蕩蕩的一大家子，一進商場，就「各奔西東」了。母親陪姥姥去天華景看折子戲：《拾玉鐲》《打焦贊》《斷橋》……姥爺一個人去舊貨市場淘寶，喝茶。父親則帶著我們去舊書店。我說：「爸爸，這裡有一股怪怪的味道！」父親笑說：「傻丫頭，這是書香，懂嗎！」然後父親拿出錢，交給五姨：「帶他們去天宮影院看電影吧！」話音未落，我們幾個孩子如遇大赦，立刻歡呼著衝出書店。

五姨在勸業場輕車熟路，馬上帶我們去工藝美術部，看泥人張捏的紅樓夢人物，且一一指給我們看，哪個是林黛玉，哪個是薛寶釵，哪個是賈寶玉。那些泥塑真是精美絕倫，呼之欲出。又帶我們看國畫「五老觀畫」，告訴我們此圖以宋代蘇東坡等五學士聚在一起品評詩文為畫題。其畫人物各具情態，或坐或立，均傳神生動，反映了古代學士們高雅的精神面貌。但這是一幅高仿贗品，因為原件在臺北故宮博物院呢！然後又神祕地說：「我帶你們去一個地方，讓你們自己看看自己的尊容，但是有一個條件，誰都不許笑，誰笑了，電影票錢就沒收充公，大家買糖墩兒吃。」

剛到三樓，我們就聽見一陣一陣的笑聲，循聲尋找，原來很多孩子在照鏡子。我們跑過去對著鏡子一看，天哪！個個奇醜無比，不是腦袋像倭瓜，大肚子，小細腿，就是驢臉厚嘴唇扇風耳，就像是大妖怪，我們都忍不住笑得前仰後合。姐姐說：「這是哈哈鏡。那玻璃鏡面有凹凸，光學原理，所以照出來的人都變了形，又醜又可笑。」五姨擠兌姐姐：「這可真是家傳，好容易躲開你爹的哼哼教導，又鑽出來你這個蠢蠢欲動的小書蟲。」五姨比姐姐大不了幾歲，姐姐才不怕，立刻反唇相譏：「剛才看紅樓夢泥塑，看畫兒，你沒哼哼？你哼哼的我到現在還牙疼呢！」

我很慶幸生長在文化底蘊深厚的書香之家，要知道，他們隨時隨地的「哼哼教導」讓我在不知不覺中學到多少東西啊！

那天父親買了許多舊的線裝書，還買了舊唱片「蘇珊娜」、「千里送京娘」。給我們買的是用絲線纏的，畫著精美古裝仕女的書簽和奇妙的萬花筒，給哥哥弟弟買的是象棋和洋畫兒、玻璃球等等。

因為照哈哈鏡大家都笑了，五姨擅自做主沒帶我們看電影，給我們買了糖墩兒、楊村糕乾等零食。其實五姨根本就沒打算帶我們看電影，那些電影什麼《海之戀》《唐吉訶德》等等她早看膩了，只不過聰明的五姨找個堂而皇之的理由對付我的父母親罷了。

西風東進

天津

文化是一個城市的命脈，也是城市歷史所塑造的精神風貌。天津據河臨海、拱衛京師的特殊地位，使之成為中國近代史上最先轉型的地區，天津的城市文化也因此發生巨變：南方與北方的彙聚交融，中華與歐美的撞擊衍生，傳統與現代的代謝更新，一種似曾相識又迥然不同的文化面貌逐漸凸顯出來。從九河下梢到面向大海，天津的地理環境似乎無意中顯示出天津文化多元、包容、開放的現代特性。其內容的豐富，形式的多樣，中西文化藝術的相容並蓄，百姓文化生活的豐富多彩，讓我至今仍覺得，五〇年代的天津在全國範圍內是獨領風騷的。而我的家庭應該說是這個時代大背景下的一個縮影。

父親是新派知識份子，他出生和生長在傳統文化氛圍濃厚的老派家庭裡，爺爺是安徽宣城人，名劉志民，號景文，年輕時來到北京，在鐵門胡同創建宣城會館，那也是爺爺的家，父親生長的地方。長大後的父親在北京燕京大學建築工程系讀書，後攜全家到天津工作。我家定居落戶的天津寧夏路是曾經的日租界，我們住的地方是接收日本移民的住宅，後來改為天津鋼廠宿舍。

天津鋼廠宿舍的院子很大，院子臨街的一面是一棟二層小樓，樓上樓下住著十幾家人，都是天津冶金局和天津鋼廠的幹部。一進大院門有個傳達室，中門總是關著，只有臨時有汽車、馬車來才開。中門口有一個鍋爐房，旁邊是一個很大的公用淋浴室。每天早晨，燒鍋爐的劉老頭兒就提著一把大白鐵壺挨家挨戶敲門：「您了要開水嗎？」然後給各家各戶的暖瓶灌滿開水，真是方便極了。我家住在一層的一套有三個房間的大房子裡，屋子裡有洗手間，抽水馬桶，有廚房和自來水。臨街的一間有一個特別大的玻璃窗，一個鐵藝的大門，我們可以從院子裡出入，也可以走自家的大門出入。臨街的這間是父親的書房和哥哥姐姐做作業的地方。中間的一間是全家人的臥室，鋪著榻榻米，側面一個兩層的有拉門的大櫃子，每層也鋪著榻榻米，我和姐姐睡一層，哥哥弟弟睡一層。這個大櫃門一拉上，臥室裡面黑漆漆的，不想睡著都不行。靠院子的一間是客廳，是吃飯和會客的地方。後來父親找人把臥室和客廳打通了，平時有一個拉門，週末有客人來，門一拉開，就是一間寬敞明亮的大廳，父母親的朋友聚會都到我家裡來。

我家對面是一個特別大的日本倉庫，日本投降以後，庫房裡面還有許多盆盆罐罐的日用品、木屐等等。姐姐說她和哥哥小時候常常到倉庫裡「淘寶」，撿小玩意兒，開心得很。我記事時，倉庫已經改建成住房，而且姥姥一家也從赤峰道搬過來，就住在倉庫改建的房子裡。

父親愛讀書，他的書架上既有許多爺爺留下的四書五經等線裝書，又有許多英文版的小說和業務書，還有我們經常偷著看的時尚雜誌和電影戲曲畫報等。我印象最深的是一本厚厚的精裝英文版雜誌，裡面的圖片都是京劇的臉譜和穿著生旦淨末丑戲裝的人物畫兒，想來那是向老外介紹中國國粹京劇的雜誌。有意思的是，母親在書中夾了許多給我們做鞋的紙樣子。

我家大院的馬路對面，是一個工人文化館，那裡面總是舉辦各種文化活動，有學文化的，有唱歌的，跳舞的，唱戲的，非常熱鬧。大禮堂就更是受歡迎了，不但白天演電影，晚上還經常有京劇、曲藝等演出，因為都是業餘愛好者登臺，票價便宜極了，一毛錢一張，無論演什麼，都座無虛席。最開心的是，母親看電影兒會帶上我，姥姥看戲會讓我先去「占座兒」，戲開演前的鑼鼓點一開打，姥姥才會不慌不忙地走進來。最了不起的還是父親，平時他才不會看這裡的戲，除非有他和朋友們的演出，比如單弦啦，梅花大鼓啦，他才肯來，那就更少不了我這個既沒有上幼稚園，也還沒有上學的「小混混」啦！

姐姐就讀的中學是天津女七中，其前身是南開女中，是民國時期的教育家張伯苓創辦的，那所學校很了不得，不僅學習成績在天津數一數二，文體活動也活躍極了，暑假裡中國的學生和蘇聯的學生一起到北戴河過夏令營，中蘇學生之間還可以通信，姐姐就有一個筆友叫「麗一達」，她們通了好長時間信呢！伏羅希洛夫來天津時，姐姐代表天津去機場迎接和獻花，我想，如果不是中蘇交惡，姐姐肯定會去蘇聯深造的！

哥哥那時候上小學，他當時好像是天津歌舞團少年合唱團的小演員，節假日經常有演出，逢到晚上演出結束，總有一位名叫森林的演員叔叔送他回家。

有一年元旦，森林叔叔送給家長兩張音樂會票，父親特意多要了幾張，為的是和我們兄弟姐妹一起過節。那一天實在太美好了，以至於我記了一輩子：父母先是帶我們去「起士林」吃西餐，然後去聽音樂會，具體曲目我不記得了，只是那天晚上，在父親的講解下，我才知道什麼是交響樂，什麼是豎琴，什麼是小提琴，什麼是大貝斯……

天津是曲藝之鄉，天津特殊的地理位置，五方雜處的人文環境，形成了天津兼收並蓄的曲藝特點。據說，相聲、評書、快板、單弦、京韻大鼓、梅花大鼓、西河大鼓、京東大鼓、天津時調等項都是在天津興盛和繁衍起來的。父親會唱單弦、梅花大鼓就是在天津工作和生活的那十年學會的。

週末的晚上，是我家最熱鬧的時候。父親的幾個好友會帶著傢夥到家裡來唱單弦，大鼓，梅花落等等。父親是京劇票友，擅長馬派老生，還拉一手好京胡，有時候他們也唱唱京劇，有一位叔叔青衣唱得好，他和父親的「坐宮」幾乎每次都是晚會的壓軸兒節目。母親喜歡聽父親唱梅花大鼓「黛玉悲秋」，那詞兒編的真是絕了：

到了春來，黃鶯兒，紫燕兒，桃絨兒，柳絮兒，人人可愛，百草了花開放萬紫千紅。

到了夏來，莒蒲兒，蒲棒兒，荷花兒，荷葉兒，上有露水珠兒襯，哎，才子佳人在水閣涼亭。

到了秋來，嚴霜兒，冷露兒，殘花兒，敗葉兒，人人都可嘆，悲秋的黛玉姑娘對景傷情。

到了冬來，朔風兒，瑞雪兒，鵝毛兒，片片兒，真是咯滴滴地冷，守烘爐的才子佳人暖閣之中。

我最願意父親在家舉辦舞會，家裡的老式留聲機放著三〇年代的老歌和中外舞曲，父母親的朋友都盛裝出席，男人西服革履，女人則是一水兒的旗袍，只有二姨總愛穿布拉吉。記得有一支維也納輕歌劇風格的圓舞曲叫「風流寡婦」，只要這支曲子一響，男士們都爭著請二姨當舞伴，二姨舞跳得特別好，一轉圈兒，裙子飄起來，像一隻蝴蝶美極了。

那時候婦女大都不上班，每天下午，大院裡的幾位時尚婦女都會來家和母親喝茶聊天。她們有文化有背景，衣著和談吐都不俗。記憶中她們春夏秋冬都穿旗袍，旗袍大襟上別一方小手帕，區別僅是冬天外面罩一件開斯米羊毛衫或者合體的短款外衣而已。常來我家的有天津籍的張太太，侯太太，哈爾濱籍的殷太太，蘇州籍的蔣太太，上海籍的吳太太，黃太太，長沙籍的史太太。黃太太的年齡最大，學歷最高，她隨丈夫從香港到廣州最後又來天津，她會說一口流利的英語，父親在家時，兩個人還用英語交流呢！

這些太太們來我家時都各自帶著新下來的明前茶啦，蘇州小胡桃啦，自己親手製作的小點心啦，糖漬的杏話梅，橄欖等等。母親偶爾也會給她們做個水果沙拉，或者煮個銀耳紅棗梨湯。泡茶自然是南方太太的專利，她們不嫌麻煩，先把茶壺泡熱，然後洗茶葉，沏好茶後用小杯一杯杯的給大家斟上，然後有滋有味地品茶。每次沏茶，她們都操著好聽的吳儂軟語，抱怨天津的水質不好：「烏里烏塗的，好茶葉也沖不出好味道來。」

母親的「午後沙龍」可是不許我參加的，她們在一起南腔北調地說著悄悄話，談論的話題無非是越劇，電影，明星八卦，流行什麼式樣的服裝等等。有時候她們也會一起剪裁衣服，研究織毛活的花樣兒。母親心靈手巧，每次她自己穿的旗袍，給我和姐姐做的連衣裙，很快會在大院兒流行起來。記得母親用中藥皂角給我洗頭髮，為的是讓頭髮烏黑和光澤，結果好幾個有女兒的媽媽馬上也效仿起來。天津籍的張媽媽最開朗，愛開玩笑，她一來，屋子裡立刻歡聲笑語熱鬧起來。她最愛逗我：「小蘊，來告訴張媽媽，北京話，花 hua（發三聲音）怎麼說？大聲說給媽媽們聽。」我立刻大聲說：「灰兒！」結果全體哄堂大笑，好幾位媽媽笑得把大襟上的手帕拿下來擦眼淚……

姥姥住赤峰道時，附近有個天津冶金事務所，那個單位有很多歸國的蘇聯留學生。二姨經常參加這個單位的活動，結交了好多朋友。有意思的是，這些留學生的名字都洋化了，什麼劉妮娜，王西里，宋乃瀛等等。二姨年輕漂亮，活潑開朗，能歌善舞，下班後常常被他們拉去參加聯歡會，舞會，還參加了話劇團，排練和演出許多蘇聯劇作。二姨扮演過一位離家出走投奔革命的闊小姐，五姨在「除四害」的歌舞劇裡扮演過一隻小蚊子。我曾經非常納悶兒：母親和二姨年齡差不了幾歲，可她們的社交圈子卻是如此不同，好像姐兒倆不是同時代的人似的。我想，這也是二姨總穿布拉吉，而母親一直穿旗袍，從未穿過布拉吉的原因吧！

童年童趣

（天津）

巴爾札克曾經說過：童年原是一生最美妙的階段，那時的孩子是一朵花，也是一顆果子，是一片懵懵懂懂的聰明，一種永遠不息的活動，一股強烈的欲望。

我的童年是在天津度過的，那是我一生最快樂和無憂無慮的時光，也是我家最平靜安逸的日子。都說性格決定命運，但性格是什麼時候形成的？當然是童年。感謝我的父親母親，給了我一個美好幸福自由自在的快樂童年，給了我健康的身心，讓我在任何艱難困苦中都能心中充滿陽光。

我有記憶的時候，大約四、五歲吧，那時已經在天津和平區寧夏路定居了，那是五〇年代中期，百廢待興，人們對未來充滿希望，是一段陽光燦爛的日子。父親在天津鋼廠做財務工作，母親雖然是全職太太，但她把自己的名字改成「希明」，即希望光明之意，表達了她一心要走出家庭參加工作的決心。那時候母親參加了社會上的護士培訓班，打字班，還擔任了街道掃盲班的老師，每天比誰都忙，根本沒時間管我們。哥哥姐姐都上學了，我和弟弟就成了「散養」的孩子，每天在大院兒裡和小朋友們無拘無束、自由自在地瘋玩兒。

那時候我們沒什麼玩具，男孩子的室外活動是滾鐵環、彈球兒、拍洋畫兒（天津叫拍毛片兒），大一點的男孩子會踢足球、抖空竹、打彈弓、抽嘎嘎（北京叫抽漢奸），一群一夥兒的聚在院子裡，從早折騰到晚。除非吃午飯和吃晚飯時，家長出來叫，才會跑回家。

彈球兒彈的是玻璃球兒，玻璃球兒五顏六色，特別好看，男孩子們在土地上挖上一個一個的小坑，把玻璃球從一個坑兒彈到另一個坑兒裡，不知道他們的規矩，但是彈球兒似乎比較文明，因為只有彈球兒時，他們才能安靜下來。記得父親曾經給哥哥買過一副跳棋，棋子全部是玻璃球兒，當時可算非常奢侈了，後來都被他彈球兒輸掉了。

女孩子玩跳繩兒、跳皮筋兒、跳房子、拔根兒（也叫鬥草），也和男孩子們一起玩兒「丟手絹兒」、「木頭人兒」。「木頭人」遊戲就是一個孩子面向牆壁，邊拍牆壁邊說「我們都是木頭人兒」，後面的一大排孩子在拍牆的孩子沒回頭前，往前跑幾步，拍牆孩子說完「我們都是木頭人」後，突然轉頭，如果看到誰動了，誰就輸了，被罰下場。沒被看到的孩子，誰先摸到牆，誰就贏了。天津孩子嗓門兒大，每次大家一起玩兒這個遊戲時，你推我搡，大呼小叫，真是熱火朝天開心死了。

「丟手絹兒」就更有意思了，孩子們圍成一個大圈，蹲在地上一起唱：「丟手絹丟手絹，悄悄地放在小朋友的後面，大家不要告訴他，快點快點抓住他，快點快點抓住他！」一個孩子拿著手絹兒繞著圈子跑，悄悄把手帕丟給蹲在地上的任何孩子，撿到手帕的孩子要馬上去追趕丟掉手帕兒的孩子。有意思的是，雖然我們年紀都還特別小，但是大點兒的男孩子會互相取笑，誰如果把手帕丟給女孩兒了，其他男孩子就會大聲起哄，甚至扭打起來。

我最喜歡的遊戲是跳猴皮筋兒，雖然到北京後依然跳猴皮筋兒，但是沒有天津唱的好聽。天津跳皮筋兒邊跳邊唱歌兒，女孩子們伴著歌聲，像一隻小燕兒上下飛舞，煞是好看。我雖然那時候個子還小但是腿很長，是跳皮筋兒的高手，很難被罰下場。還記得有一支歌兒是：「猴皮筋兒，我會跳，三反運動我知道，反貪污，反浪費，官僚主義我反對！」

每到寒暑假，我們的遊戲就升級了，因為哥哥姐姐，四姨五姨都放假了，我們這些「小蹦豆兒」有了「組織」和「領導」，自然玩兒的就不一樣了。

演戲是我們女孩子的最愛，姐姐教我們唱歌跳舞，五姨教我們唱戲。姐姐會唱的歌實在太多了，她把在學校學到的歌毫無保留地教給我們唱，甚至篡改歌詞，配上情節，變成歌舞劇。比如《拔蘿蔔》《螞蟻搬大豆》《兩隻老虎》《兄妹開荒》都是她教給我們的，那時候的姐姐在我眼睛裡就是今天演藝界集編劇導演於一身的大腕兒。

五姨則教我們唱戲，五姨和姐姐比，特別隨意隨性，完全沒有章法，今天這樣演明天那樣演，甚至唱詞也隨她心思亂改，第一遍的唱詞和第二遍的唱詞都可以不一樣。好在她對「演員」也不苛求，演員有很大的自由發揮空間，可是她會隨時隨地換「主演」，所以在她手下演戲，也真是挺「遭罪」的。她教我們演京劇《青蛇白蛇》，越劇《梁山伯與祝英臺》，評劇《劉雲打母》等等，我知道那都是她根據她看過的戲二次創作的。

我們這些女孩兒雖然年紀小，就開始懂得爭「角兒」了，能當「主角兒」的就那麼幾個人，我、小雪、王海音、小多多等，且姐姐的御用主角兒和五姨的一樣，也是這麼幾個人。好在五姨和姐姐總是合作，不會出現搶角兒糾紛。姐姐一般情況下都「以戲為重」，不徇私情，排《青蛇白蛇》，她就堅持讓小雪當白蛇，我只能當青蛇，五姨說情也沒用。五姨是無論排什麼，我都是第一把交椅，甚至排京劇《釣金龜》，她也讓我演主角兒，那個老旦老太太，就一句唱詞「小張儀，我的兒呀……」駝著背張著大嘴，沒完沒了地啊啊，我堅辭不幹，她也就沒排成！

現在想想，文藝界的亂象，小時候在我們的小圈子裡就初露端倪：編導的權利過大，任人唯親，不重演技重顏值；演員挑戲、爭角兒，稍不如意就罷演，實在是太有意思了。

夏天的晚上，五姨會帶著我們在寧夏路的路燈下，用粉筆在地上畫畫兒。五姨的畫兒畫得特別好，她邊畫邊編故事，畫的都是古時候的才子佳人，丫鬟小姐。有時候她也讓我和她一起畫，有資格上檯面的只有我和姨表弟小強，不是吹牛，小時候我的畫兒也畫得不錯呢。我們經常吃過晚飯就和五姨一起到街上去，晚上九、十點鐘才肯回家，我們的畫卷造就了地上長長的畫廊，一個故事可以畫幾米長呢。而且經常有大人駐足觀看，讚不絕口，有一位老先生非常看重五姨的才氣，總是稱讚五姨有靈氣兒，前途無量。

想想看，夏天的晚上，清風習習，皓月當頭，兩三個孩子在地上用粉筆專心致志地畫畫，編故事，全身心地沉浸在自己想像的神話世界裡，那是一幅多麼美麗的令人神往的畫卷啊，而那個畫卷的主角兒，就是我和我的五姨。

忘記了誰說的：「讚美童年吧，它給我們在塵世的艱難中帶來了恰如天堂般的美妙。」我常常想，我的童年即是對這句話最好的詮釋。

冷月如鉤

天津

六〇年代初，姥姥、姥爺相繼離世，天津成為母親的傷心地，我們也再沒回去過。

再去天津，已經是多年以後的八〇年代初了。經歷了十年動亂，十年上山下鄉，人到中年的我已經歷盡艱辛，洗盡鉛華，懷著矛盾複雜的心情，我陪伴母親踏上了天津的故土。

寧夏路n號，那個給了我童年那麼多快樂記憶的大院兒，那個我人生之夢開始的地方，已經面目全非，一片衰敗狼藉。原來的鄰居一家也沒有了，去海外的去海外，搬離的搬離，死的死，散的散，成了真正意義上的空巢。因為後來私搭亂建，院子裡幾乎沒有了活動空間，像胡同般擠擠嚓嚓的院子裡，零星住著幾戶外地進津打工人家，無論母親問到誰，他們都一問搖頭三不知。我勸母親，別難為人家了，別說老鄰居都不在了，就是在，經歷了這麼多的變故，也會「老嫗相見不相識」了。

雖然眼前的一切與我的記憶無論如何不能吻合，雖然看得出母親的失望與落寞，但曾經滄海的她老人家還是平靜地接受了這一切。畢竟天津北京共處同一個大時代，在同一時空下經歷著同樣的「運動」，且無論出身還是意識形態，父母親的那些朋友，多少還是與「資產階級知識份子」沾邊兒的，最終的結局恐怕也在母親意料之中。

我和母親入住在天津五大道的和平賓館。和平賓館是天津風貌建築中唯一一所西班牙花園式庭院別墅，始建於一九三一年，是安徽壽州孫氏家族的私宅，其歷史悠久，有著很深的文化底蘊。天津解放後，毛澤東、周恩來、葉劍英等許多老一輩的國家領導都曾下榻於此，改革開放以後始對外開放。這棟三層的小洋樓鬧中取靜，寬敞明亮，古樸大氣，不遠處就是歐式風格以月季花為主題的睦南公園。四姨五姨每天都過來陪母親聊天喝茶，陪她在熟悉的老街尋尋覓覓。住在有著近百年歷史的老房子裡，追憶著曾經在天津生活的過往，我和母親都有一種人生如夢，夢如人生的感慨。

在與四姨五姨的聊天中，我們慢慢瞭解了這裡發生的一切：文革中大院裡的廠長，處長，津鋼醫院的院長等等都被抄了家，遊了街。繼之把他們都趕到了城鄉結合部的棚戶區，接著造反派的頭頭兒們住進了大院搬進了樓房。他們濫用職權私搭亂蓋，把一個寬敞的大院子擠成了七扭八歪的小胡同。

最早離世的是漂亮的苗平阿姨，她是因為自己複雜的身世跳樓了；吳先生是在反右派運動中割喉自殺的，兒子也死了，吳太太一個人帶著滿心的傷痕回上海了；黃太太因為是解放初從香港返回天津的，被抄了家，抄出了金剛鑽和宣德爐，金剛鑽屬於國家稀有金屬，歸了公（折合兩千元人民幣），而宣德爐則不知去向。原本婚姻就不如意的她，未滿六十歲就黯然離世……

二姨的好朋友宋，留蘇大學生，她曾經把冶金事務所及院裡的人們組織起來，唱歌跳舞演話劇，宣傳婦女解放、愛國衛生、抗美援朝等等，在母親的眼睛裡，她是個激進的愛國知識份子，但是她怎麼會成了右派呢？只能說世事難料吧！文革中她跳了海，她的先生也被下放到大西北，下落不明。

讓人啼笑皆非的是張太太家的事兒：文革中張先生被莫須有的罪名扣廠

裡不讓回家，有一天突然被放了回來，夜晚夫妻二人正說著悄悄話，忽然聽到床下有響動，張先生忙到床下張望，只見黑乎乎有一個大活人趴在那裡，這一驚非同小可，張媽媽險些送了命……，問其所以，原來那個人是廠裡派來的，因為張先生沒法立案，他奉命前來調查偷聽以便定罪的。從此張太太總是疑神疑鬼，神神叨叨，閉門不出了。想起當年那個熱愛生活，愛開玩笑，總是逗得大家哈哈大笑的快樂的張媽媽的結局，我心裡非常難過……

臨回北京的前一天晚上，母親突然提出讓我陪她再回一趟寧夏路大院兒，我說：「天都黑了，院子裡又坑坑窪窪的，又沒有老鄰居，您去幹嘛啊！」但是母親堅持，拗不過母親，我只好陪她又來到寧夏路的大院兒。

我和母親爬上了院子裡露天的紅樓梯（因為樓梯的顏色是紅的，小時候大家都這樣叫），並排坐在吱吱扭扭亂響的樓梯上，我握著母親冰冷的手，我們就這樣一言不發地坐著，默默地坐著，生怕驚擾了誰……

天上孤零零地掛著一彎冷月，寂寞地閃著清冷的光。母親在想什麼？我無從知道，許是懷念她人生中最幸福安逸的時光？許是思念我的姥姥姥爺，她一生最愛的人？許是用這樣的方式來祭奠她的青春和閨密好友們……

我出神地望著天上那彎月牙兒，它美麗而淒清，像極了一盞掛在天邊的橘黃色小油燈。一陣風兒吹過，小時候姥姥唱給我的兒歌悄然飄進了我的耳朵：小油燈，小油燈，忽閃忽閃眨眼睛，油燈油燈你別滅，妞妞靠你照前程……

—尾聲—

筆落故園

我的北京系列和天津系列到今天就算告一段落了。掩卷沉思，我問自己：為什麼對那些遠去的歲月如此留戀？為什麼過往的星辰總是在記憶中閃爍？儘管過去的歲月並不總是陽光燦爛充滿幸福歡樂，甚至有些回憶是那麼令我刻骨銘心地痛，令我邊寫邊哽咽，淚灑滿襟，但我卻始終不肯停下手中的筆。我想：那是因為有一股濃濃的鄉音鄉情纏繞於心，有一種剪不斷理還亂的鄉愁縈繞在心頭。

我出生在北京，剛剛滿月就隨父母來到天津，我的童年時代，父母不斷地告訴我，天津不是我的故鄉，我的故鄉在北京。北京鐵門胡同宣城會館平房四合院爺爺奶奶的故事，菊兒胡同大宅院姥姥姥爺的故事，在我的腦海裡構成了一幅傳統溫馨的風情畫，那就是我遙遠親切令我非常嚮往的「家」。我一直驕傲地認為我是北京人，我的故鄉是北京，總有一天，我會回到那個我未曾見過的，到處是老城牆，四合院，綠樹紅牆琉璃瓦，有著金碧輝煌紫禁城的老北京，回到皇城根天子腳下的皇天后土。因為我的根在北京。

一九五八年秋，我終於隨父母回到了故鄉北京。我陽光燦爛的青少年時代是在北京的胡同，北京的四合院度過的。北京的博大精深，北京的厚重大氣，北京的文化氛圍，北京的鄉土人情，使得生於斯長於斯的我，成長為典型的北京大妞兒：性格開朗，熱愛生活，幽默大氣，古道熱腸。教會學校的教育，家庭的薰陶，詩書的浸潤，又讓我骨子裡天生有一種多愁善感，悲天憫人的情懷，呵呵，說起來性格還真蠻複雜的。

在北京的日子裡，我卻又常常懷念天津的那一片海、那一座座橋、那一幢幢小洋樓、那些神祕莫測的大教堂；懷念綠牌電車道上色彩繽紛的霓虹燈、那

些鐺鐺鐺行駛著的有軌電車、那些高大的梧桐樹和散發著馨香的榕樹。我甚至在夢中見到過我書生氣十足的、手拿一卷書的父親站在五大道的榕樹下向我招手微笑……是啊，是天津的那一方水土那一方人養育了我，給了我那麼快樂、那麼無憂無慮的幸福童年，叫我怎能忘懷，叫我怎能不想她！

一九六六年，正當我人生中最美好的年華，躊躇滿志讀高中準備考大學，憧憬著遠大前程的時候，史無前例的文化大革命開始了。在天翻地覆的動亂中，我和千千萬萬和我一樣大小的中學生們，被上山下鄉了。在天寒地凍的北大荒，在

大興安嶺勞動鍛煉的十年，北京成為我心中最溫暖最神聖最不可觸摸的地方，勞動之餘，懷念北京，思念故土，想念我親愛的爹娘，就成為我生活的常態。在高山腳下，在田間地頭，在宿舍的油燈下，在風霜雨雪的歲月中，一種暖暖的鄉情，一種深深的鄉愁，根植於我心，揮之不去，融化在我的骨血中。這，大約就是現在的我，停不下手中的筆，寫下此系列的原因及初衷吧。

記得有一首歌名字似乎叫《記住鄉愁》，它的歌詞字字句句都那麼打動我心，我就用這支歌作為我此篇文章的結尾吧：

鄉愁是慈母手中的那根絲線，縫縫補補的歲月還那麼好看；
鄉愁是老家屋頂上那縷炊煙，遠遠近近的呼喚還那麼溫暖。
鄉愁是故鄉門前的那條小河，活蹦亂跳的童年在心中撒歡；
鄉愁是老家樹冠上那只鳥窩，歲歲年年的夢裡總能孵化春天。
記住鄉愁，只要一輪明月，你就記住了夢的來源；

記住鄉愁，只要一聲輕喚，你就撥動了思念的心弦。
鄉愁是抓不住回不去的從前，忘了告別的變遷像風箏斷了線；
鄉愁是剪不斷理還亂的懷念，唱在歌裡醉在酒裡越久越甜。

—後記—

莫道桑榆晚　為霞尚滿天

曾經在退休的那一年，覺得心裡空落落的：自己還健健康康精力充沛，卻無事可做了。想想這一輩子，從十多歲上山下鄉，到返城回到北京重新參加工作，一直到退休，奮力拚搏了幾十年，似乎並沒有過自己的意願，也從沒有過選擇的機會，就這樣被時代的大潮流裹挾著，工作生活了一輩子。突然間退休了，清閒了，可以自己支配生活了，卻無所適從了……

感謝上帝在關上一扇門的同時，為我打開了一扇窗：兒子無意間給我開的博客，讓我的晚年生活變得如此充實，如此美好，讓我重新找到了自我，重新認識了自己的人生。

還記得我在博客上寫第一篇文章的情景：我打開電腦，似乎想也沒想，就在博客上寫下了文章的題目《我的祖上》，就在那一瞬間，我的家族淵源、家庭變遷、人生際遇，以及我這一生經歷的溝溝坎坎、酸甜苦辣，一起湧上心頭，流向筆端……我就這樣帶著淚水與歡笑，伴著回憶與思考，開始了自己的業餘寫作生活。

記憶的閘門一旦打開，就再也停不下來，我才知道，原來我心裡埋藏著這麼多的話想傾訴，鬱積著這麼多的情感想表達，有這麼多的人生感悟想分享；原來鬼使神差，冥冥之中，我還肩負著父輩的使命，要我把一切寫下來，記下來，留下來，讓我們的後代知道他們的祖上，他們的父輩所經歷的一切，讓大時代的浪潮，在我這小小的一滴水中有所體現。

感謝新浪博客上素不相識的網友們，感謝我的兵團戰友們，感謝我的同學老師摯愛親朋們，在我初上博客懵懵懂懂時給予我熱情的鼓勵和支持，那一段時間，友誼和關愛的熱浪似乎要把我淹沒，使我得以堅持下來，欲罷不能。

這一寫，就是十年。十年間，我意外地出版了三本書：回憶錄《跨越文革的人生歲月》《我曾經的名字叫知青》和散文集《水流心猶在——從海河之濱到皇城根》。

感謝我的兵團戰友聞黎明先生將我推薦給臺灣秀威資訊科技股份有限公司，使我的寫作能夠陸續集結成書出版。

感謝我的出版人、臺灣秀威資訊科技股份有限公司總經理宋政坤先生給予我的支持和友誼，他親自參與策劃，親自為我作序，親自為我的書取名，使得我的書不僅在內容上，而且在裝幀設計和製作上都非常精美考究。

感謝臺灣秀威資訊科技股份有限公司副總編蔡登山先生將我的書稿《我曾經的名字叫知青》推薦給大陸，使我的第二本書得以在海峽兩岸出版發行，使這本書來到它真正的知音，廣大的知青朋友們中間，得到了熱烈反響和好評……

感謝我的五姨許靜珠女士、姐姐劉燕女士，在我寫《水流心猶在——從海河之濱到皇城根》散文集的過程中提供的線索和資料，使我的文章更加飽滿翔實，充滿著上世紀五六十年代的風土人情和人間煙火的味道。

感謝我的新浪筆友謝國華先生（筆名華章），在我寫作的過程中給予的具體指導和幫助，正是他對每篇文章深刻而中肯的點評，使我的散文不僅僅只停留在回憶和懷舊的層面，而是記錄了京津兩地的胡同文化和市井文化。並由衷感謝他在百忙中為我的天津篇和北京篇寫下精彩序言。

感謝我的兵團戰友陳建平女士在我即將結束北京篇的寫作時，建議我不要停下手中的筆，繼續以《旮旯覓趣》為題，寫老北京的凡人小事，一地雞毛。她認為這些犄角旮旯挖掘出來的小事體，才能讓外鄉人嗅到老北京的鄉土氣息，感受到彌漫在字裡行間的鄉音鄉情。

感謝我的學弟李庚翔先生為我的文章精心配置其親自攝影親自製作的圖片，為我的散文作了無聲的解讀，使之錦上添花。

……

記得王小波曾經說過：「根據我的經驗，人在年輕時，最頭疼的一件事就是決定自己這一生要做什麼。」我很「慶幸」我們這一代沒有遇到過這樣頭疼的事，因為我們沒有過選擇自己一生要做什麼的權利。王小波還說過：「人從工作中可以得到樂趣，這是一種巨大的好處。」我慶幸我的晚年從業餘寫作中得到了樂趣，獲得了好處，那就是：我不再懼怕衰老和被時代淘汰，因為我的筆讓我不斷地在回憶中思考，讓我不斷地在前行中發現這個世界的變化與美好，讓我對自己對未來充滿信心。我現在的心境正如古人所說：莫道桑榆晚，為霞尚滿天！

語言文學類　PG2269　秀文學30

水流心猶在：
從海河之濱到皇城根

作　　者 / 子蘊
責任編輯 / 杜國維
美術設計 / 王嵩賀
攝　　影 / 李庚翔

發 行 人 / 宋政坤
法律顧問 / 毛國樑　律師
出版發行 / 秀威資訊科技股份有限公司
114台北市內湖區瑞光路76巷65號1樓
電話：+886-2-2796-3638　傳真：+886-2-2796-1377
http://www.showwe.com.tw
劃撥帳號 / 19563868　戶名：秀威資訊科技股份有限公司
讀者服務信箱：service@showwe.com.tw
展售門市 / 國家書店（松江門市）
104台北市中山區松江路209號1樓
電話：+886-2-2518-0207　傳真：+886-2-2518-0778
網路訂購 / 秀威網路書店：https://store.showwe.tw
國家網路書店：https://www.govbooks.com.tw

2020年6月　BOD一版
定價：350元

國家圖書館出版品預行編目

水流心猶在：從海河之濱到皇城根／子蘊著. --
一版. -- 臺北市：秀威資訊科技, 2020.06
面； 公分. -- (語言文學類；PG2269)(秀文
學；30)
BOD版
ISBN 978-986-326-780-5(平裝)

855　　109000258

讀者回函卡

感謝您購買本書，為提升服務品質，請填妥以下資料，將讀者回函卡直接寄回或傳真本公司，收到您的寶貴意見後，我們會收藏記錄及檢討，謝謝！
如您需要了解本公司最新出版書目、購書優惠或企劃活動，歡迎您上網查詢或下載相關資料：http:// www.showwe.com.tw

您購買的書名：＿＿＿＿＿＿＿＿＿＿＿＿＿＿＿＿＿＿＿＿

出生日期：＿＿＿＿年＿＿＿＿月＿＿＿＿日

學歷：□高中（含）以下　□大專　□研究所（含）以上

職業：□製造業　□金融業　□資訊業　□軍警　□傳播業　□自由業

□服務業　□公務員　□教職　□學生　□家管　□其它＿＿＿

購書地點：□網路書店　□實體書店　□書展　□郵購　□贈閱　□其他

您從何得知本書的消息？

□網路書店　□實體書店　□網路搜尋　□電子報　□書訊　□雜誌

□傳播媒體　□親友推薦　□網站推薦　□部落格　□其他＿＿＿＿＿

您對本書的評價：（請填代號　1.非常滿意　2.滿意　3.尚可　4.再改進）

封面設計＿＿　版面編排＿＿　內容＿＿　文／譯筆＿＿　價格＿＿

讀完書後您覺得：

□很有收穫　□有收穫　□收穫不多　□沒收穫

對我們的建議：＿＿＿＿＿＿＿＿＿＿＿＿＿＿＿＿＿＿＿＿

＿＿＿＿＿＿＿＿＿＿＿＿＿＿＿＿＿＿＿＿＿＿＿＿＿＿

＿＿＿＿＿＿＿＿＿＿＿＿＿＿＿＿＿＿＿＿＿＿＿＿＿＿

＿＿＿＿＿＿＿＿＿＿＿＿＿＿＿＿＿＿＿＿＿＿＿＿＿＿

請貼
郵票

11466
台北市內湖區瑞光路 76 巷 65 號 1 樓

秀威資訊科技股份有限公司 收

BOD 數位出版事業部

（請沿線對折寄回，謝謝！）

姓　　名：__________　年齡：______　性別：□女　□男

郵遞區號：□□□□□

地　　址：__________

聯絡電話：(日)__________ (夜)__________

E-mail：__________